U0113477

多纳尔·瑞安

十二月纪事

龚诗琦 译

上海文艺出版社

献给安妮·玛丽

谨以我的爱意

一月

　　妈妈总说一月份可爱宜人。一切在新年里重头来过。访客接待完毕，上帝保佑，直到下一个圣诞节你才会再见到他们的身影，或听到他们的声音。你不知不觉摸索进板条屋，为自己的财富再增添几分。你想这么干——十二月浪费的一分一毫，你得从没人要的垃圾堆里扒拉回来。霜冻消灭了残留的有害物质。这就是一月：让世界焕然一新。反正妈妈过去是这么说的，那时候她老有讲不完的话。

尤金·彭罗斯和他的同伴又坐在爱尔兰共和军[1]纪念碑前低矮的围墙上。要是说有人每天归家途中都会被小混混欺负，上帝也会惊掉下巴吧？最近几次，尤金都在约翰斯路过他们时卡住他的鞋跟，使一下绊子，叫他跌倒。他们怎么老待在那儿？妈妈说救济金真棒，让恶棍活得像少爷。他为什么就不能做个男子汉，不要再像个爬来爬去的红脸婴孩，恐惧自己的影子，眼里噙满耻辱的泪水？要是爸爸就不会忍气吞声，这是肯定的。

　　大家过去都惧怕约翰斯的父亲。他对谁都不让步，喜欢在集市上、比赛中，或者院子里，就某个球员的价值，一头畜生的价格或者你能想出的任何男人们可能争论的话题跟人争论不休。不过跟他的坏脾气一样，他的好心肠也人尽皆知，并且从不会被误解为软弱：爸爸是个硬茬。年轻时玩爱尔兰曲棍球，他曾将好多大前锋撞得不省人事；约翰斯常听人讲这个，或其他类似事迹。曾有一次，他扛住一个小伙子用全力挥出的球棍，这家伙事后再也不敢这么干了。这故事约翰斯只听过一次，讲故事的人见他竖着耳朵正听，就闭上嘴巴定睛看着自

1　爱尔兰共和军原文缩写为 IRA（Irish Republican Army），后文以 IRA
指代。

己的威士忌酒杯，满面通红。

从矮墙往教堂庭院远端的一百多步里，如果他心里想着别的事，几乎就可以哄骗自己他们根本不在那儿，没有目睹他走近，作势奚落一番。像是去想他和爸爸曾经畅泳过的溪流里那个深水潭，就位于河流区的另一头，需要越过那棵垂柳，从那里开始就算是香农湿地[1]了。约翰斯有时好奇躺在池底会是一种什么感觉。在肺部的空气耗尽后，沉在底部，呼吸水而非空气。也许会出现神迹，就像在多年前，下游科克[2]那儿的圣母玛利亚像显灵回魂，她向人们问好，为世界的现状泣血啼哭。妈妈说，是因为毛茸茸的懦夫们引颈呆望着她看，才把她弄哭了。如果有人一天到晚冲你嚎叫喊着神圣玫瑰经[3]，你难道不也会吓哭吗？或许他并不会溺毙，转而发现自己拥有超能力，能够生活在水底，操控溪流、河水与大洋，以及生活在水里的一切生物。他可以独自留在水底，做一个水中国王，手持锋利的三叉戟，袒胸露

---

1 爱尔兰境内主要河流香农河沿岸的湿地。
2 爱尔兰西南部的一个郡，其首府科克市是仅次于首都都柏林的全国第二大城市。
3 玫瑰经是天主教徒敬礼圣母玛利亚的祷文。

乳的美人鱼成群地环游四周，为他做饭，予他香吻。

或许他回家后，会发现妈妈做了餐后馅饼。正好在他抵家的那一刻，妈妈将苹果馅饼从烤箱里取出。他会吃下一大块，而她手里端着一杯茶（不过就几滴牛奶。不喝就浪费了，妈妈说。）站在他身后，告诉他不到一小时前那些苹果还在屋外生长。他会告诉她，这餐好吃极了。她则说，是吗，小东西，希望如此，糟糕的一天结束后，你需要用美食犒劳。然而近段时间，几乎每一天，她都只是在烤箱里给他留饭，饭菜不是烫嘴巴，就是冷冰冰。有时她出门前将烤箱温度调得过高，或者干脆忘记打开。她自己则待在高山墓园，爸爸的埋葬之地，对着茔前杂草祈祷和咒骂。听了那些她为他祈祷的话，他一定无法在天堂里获得平静。科特神父在做弥撒时说过，上帝将为他准备一处上好居所，但他很可能就房屋的设计与天使们争论不休，想要以自己的规格要求推倒重建。邻居听后哄堂大笑。有几个人甚至相视一笑，心领神会。诚然，他对精确性的要求近乎苛刻，给他干活时你怎么做都有错。

妈妈不在家。烤箱里有锡纸包裹的肉馅土豆泥，温度适中，餐桌上放着餐具。他囫囵吞下，再灌下一杯牛奶。七点钟电视上会播放与度假相关的节目，荧幕上会出现那位女郎。有时，倘若周围足够安静，或是妈妈外出，也没有猫儿对着窗户挠爪子喵喵叫，他就能浮想联翩，幻想她是他的女朋友，正在某个生长着棕榈树的炎热地带与他通话，而他一旦修建好他俩的豪宅，就去与她会合。他们用来交谈的特殊电话有一块巨大的屏幕。她正在向他描述他们即将前往度假的那个地方。你没法一边吃饭一边瞧她，如果不断低头看餐盘，会错过好几秒这样一幅画面：她站在那里，金发闪着光，衣衫仅仅覆盖需要覆盖的部位，时不时，清澈的蔚蓝海水在她臀部周围冲击，激起幸运的细碎浪花。

谢天谢地，妈妈进屋时节目刚结束。她想知道店里忙不忙，派基心情如何，有没有那个苏格兰女人的消息？据说派基的长女跟一个外国佬私奔到了苏格兰，所以她现在被称作苏格兰女人。正如去美国工作过一两年的男人从此更多时候被唤作扬基人。派基的女儿过去老在星期六出现在合作社附近，假装去帮手，但据约翰斯所见，她不过是检查一下指甲油，大嚼口香糖，在手机上摁按钮。她从没正眼瞧他，或者与他搭话，只有一次，她要给他一个卷心糕，他回答，好（你为什么要说好，你这个呆瓜?）。她将包装袋递给他，烂掉的卷心糕粘在包装袋里，他的手抖得很夸张，卷心糕在被拿出来之前就快融化了。现在一想起这个，他就感到自己的脸颊烧得滚烫。

在那次私奔之前，派基从没闲工夫理睬外国佬。但现在他对他们怀有特别的仇恨。当恨意在他体内燃起时，你几乎能感觉到热气在蒸腾。如今你时常能见到他们，那些棕色脸蛋的人，甚至有些正宗黑人。据派基说，他们驾车呼啸过村庄，上城里蒙骗政府机关。当然，这是个伟大的国家。如果他们刚好出现在合作社门外，来送货之类的，派基会拿手肘捅一捅约翰斯，歪头向他示意。派基眼里会有凶光闪烁，这时候，你几乎能察觉到那股火苗，仿佛他的灵魂已经因为他在思想中犯下的罪愆被投入永恒之火中炙烤。外国佬可能回头看一眼，但你无法从他们从不泄密的眼神中读出任何东西。他们大概是**扫巴星**，约翰斯，派基会说。他从嘴里吐出这个词，就跟你从肺里咳出什么东西一样。大概他们杀了几车厢**尖果儿**，现在来本地避风头。约翰斯哈哈大笑，深表赞同，然后他脑海里浮现出救济金男孩们对尤金·彭罗斯的愚蠢笑话放声大笑的画面。他感到难过，深以为耻。看在上帝的分上，究竟尖果儿和扫巴星是什么东西？

他们从不进屋。反正绝不会走进合作社。当然了，何必呢？或许下方的斯巴超市在接待外国人方面做得更好。

妈妈连珠炮似的发问，却不真的去倾听他的回答。她甚至都听不清自己的提问。她将问题一股脑列举出来，这让约翰斯联想到过去上学的时候，整个班级诵念乘法口诀。他本可以说，今天当然是非凡的一天，妈妈，我一斧头砍在派基的额头上，将合作社洗劫一空，驾驶吉普车亡命天涯。一路碾过尤金·彭罗斯和其他救济金男孩，叫他们一命呜呼。现在我吃过晚饭，正要动身去城里做个潇洒老板，去跟姑娘们厮混。她大概会无动于衷，继续抖开和折叠衣物，对他频频点头，却不闻不问，视而不见。这也算他运气好。

他去院里练习开车。妈妈的福特嘉年华开起来很爽，他被允许在院子里来来回回地开。但她不给他上保险。现在给你这样的小伙子上保险需要两万镑，约翰斯。两万？他们知道他是傻子吗？他们的问题里会涉及这一项吗？没错，坎利夫先生，唔……鉴于你有点痴呆……（一阵电脑键盘的噼啪声和不耐烦的叹气）……那辆破烂的基本保险费用将是两百万亿镑。知道了？所以你就继续在前院里打转吧。行吗，你这个大傻蛋？**噼啪。**

他决定放弃开车训练。妈妈前几天抱怨油钱太贵，反正无法开出大门顺着马路呼啸而去，只会让人沮丧。他考虑沿长长的田地走过河流区，去那条溪流。靴子踩过挂着冰霜的草地会发出令人愉悦的咔嚓声。小溪边有一块去处，就在饥渴的牛群踩踏出的泥滩上的一块山包顶上。在那儿你可以坐在垂柳树下，嫩绿的柳条垂挂四周，你只能在所有人的视线之外。只要你坐着纹丝不动，就能幻想自己也是一棵树。没人说过树是呆瓜，或是绊它一脚，又或者在它会错意时大惊小怪。爸爸说所有生命都要仰仗树木，它们制造出我们吐纳的空气。

快接近草场边的梯蹬时，他想到德莫特·麦克德莫特，于是改变主意。农场虽然是租的，但德莫特神气活现的样子，让你深信他就是那片土地的主人。在地里碰上他时，就好像他约翰斯是个闯入者。德莫特会问他去哪里，也绝不叫他约翰斯，只称约翰。他这人很酷，绝不叫别人的**乳名**。他眯起眼睛打量约翰斯，迅速地上下扫视，脸上带点得意神色。他很可能在想，瞧瞧这个大猩猩，父亲死后，他连他身后留下的一个农场都打理不好！如今是我在他的祖业上大开拖拉机！真是个败家子！

妈妈说，给自己儿子起个像**德莫特·麦克德莫特**这种名字的人是在舔自己的屁眼。这就好像是说我们是**真正的**麦克德莫特家族的后人，我们儿子是德莫特，德莫特之子，高地之王[1]的直系后裔。他们认为自己比**吊梢眼**显贵得多，比邻居也至少高贵几分。妈妈说，**吊梢眼**是指那些住在村外阿什敦路尽头政府廉租房里的人。他们大多喂养杂种狗，生一屋子小孩；或者养一屋子狗，生个杂种小孩。约翰斯不确定妈妈说的是哪一种。

板条屋的门锁坏了，木板在潮湿的侵蚀下弯曲，腐烂，于是门打开一半就被卡住。即使过去了三年，在一

---

1 高地之王（the High Kings）的故事可追溯到公元前一五〇〇年，是爱尔兰历史和传说的重要组成部分，相传他们是整个爱尔兰岛屿的首领。麦克德莫特是爱尔兰的古老姓氏，据传具有皇家血统。

月份见到这间板条房空荡荡还是有种陌生感。每年冬季，牛群会在这里舒适而温暖地休憩，避开冷雨和刺骨的寒霜。它们挤作一团，相互取暖。整个冬天，它们的粪便会顺着管道运到一个地下肥料池，重新被土地吸收，涂匀，去滋养牛群吃的青草，而后再次转化为牛奶和粪便。每次学校的老师描述耶稣的诞生，约翰斯总会将伯利恒的马槽想象成将前院与大院清晰分隔开来的板条屋，而东方三博士分别是爸爸、帕迪·鲁尔克和昂桑克先生。那里温暖又舒适，小耶稣会安然无恙。

射入的阳光足以让约翰斯看清将屋顶一分为二的粗壮横梁。它能承受他的体重吗？爸爸常说，过去的东西做得扎实。可他是个大肥仔。设想一下，他如果搞砸了，摔断了腿怎么办！假如是德莫特·麦克德莫特发现了他，再叫来妈妈、消防队和特科神父。然后尤金·彭罗斯和其余的救济金男孩见消防队出勤，也跟到现场。最后全村人簇拥在院子里，找机会瞅一眼门内那个白痴胖子，看他坐在板条屋的地板上，折断了腿，伤腿以奇怪的角度支着，脸色青肿，脖子上还紧紧绕着绳索，哭得像个小毛孩。他们会指指点点，摇头，翻白眼，直到有哪个好心人出面把他们撵走，然后试图来帮他一把。

但他们的善心比其他人的嘲笑还要刺伤他的心，因为他不配别人这么待他。人家知道这一点，但还是好心相助。

科特神父就是那类人，昂桑克先生也是。派基·柯林斯就不一样。每一天他都会告诉约翰斯，之所以让他在合作社工作，完全是出于对他父亲的尊重。愿主怜悯他。他就是个**负担**。约翰斯总听派基向顾客嘀咕自己的事，人们转头来偷瞄，脸上带着假笑。如果他与他们对上眼，他们会过分友好地向他致意，那份虚情假意比得上城里婚庆店橱窗里的假蛋糕。妈妈会说假得跟三镑的钞票似的。科特神父的职责是与人为善；他为上帝效命，上帝有严格的指示来引导所有人向善。昂桑克先生是爸爸的挚友，他们还是小男孩时就玩在一起。他在殡仪馆爸爸的棺材前站了很久很久，手抚棺木的边缘，摇头低语，声音十分轻柔，**杰克，杰克，杰基**，然后发出啧啧声，跟爸爸过去面对被糟蹋的东西和不义之事发出的声音一样。约翰斯看见昂桑克先生的一颗泪珠从下巴滑落，落在他父亲的脸颊上，因此爸爸看起来也在哭泣。

爸爸总说要诚实。爸爸连一句谎话都说不出口。很多年前，有一次村里的一个老婆子打电话问妈妈能不能赶快为爱尔兰乡村妇女联盟（ICA）[1]烤制二十个馅饼，爸爸让她别挂电话，放下听筒就急忙跑去粮食围场的鸡舍，问她行不行，妈妈说，不行，告诉那个老婆子要烤自己烤，告诉她我在镇上，九点之后才回家。可爸爸说，不行啊，莎拉，你知道我不会说谎。他说话的样子像极了牧师说的那句"道成肉身"：这是既成事实，不可辩驳。妈妈怒火中烧，踏着沉重的步子走到门厅，迫不得已亲自撒了个谎。随即她告诉爸爸，他让**她**感觉糟透了，为了让谎话成真，现在她必须去一趟城里，为了确保所言不虚，她将在那里待到九点，上个双重保险。这就是爸爸身上的一个特质：他的好心肠让你难堪，因此你**不得不**设法变得跟他一样好。

当在院里闲逛，在房屋周围，甚至待在板条屋的黑暗中时，他都无法好好思考。所有这些地方都有爸爸的气息。他只要往院子里瞅，总期望能看见爸爸朝自己大步走来，抬起手杖向他致意，并带回一箩筐新闻，即使有时候没什么新鲜事。院子里的一切似乎随他而去，仿

1　这里应为 The Irish Countrywomen's Association 的缩写，后文将沿用原文 ICA。

佛它们存在的理由就是为他服务。这些东西依然保持原有的样子，由他的体重塑造，是他的抚摸让它们磨损，也正因如此，别人用来用去都不称手：院里有一条沟渠，是他日复一日走同一条道犁出来的，客人经常趔趄一下，因为一不留神脚掌被会被侧脊卡住；板条屋、挤奶房和工作棚的门把手边缘磨得锃亮，漆皮剥落，因为他多年来每天都要开关门许多次；拖拉机和吉普车的坐椅承载他的重量，凹下去一块；如今房屋的围墙之所以还挺立着，似乎只是为了纪念他的一把子力气。

房屋现在的状态对你百害而无一利。即使像他这样的傻子都看得出来。悲伤与悲伤叠加，换来成倍的悲伤。悲伤招致悲伤。了无生机的院子和房屋建筑似乎把空气变得更加厚重，愈发难以穿越。德莫特·麦克德莫特自家的院子和房屋里东西齐备，只租用了牧场。总而言之，那个卷发浑球开着华而不实的约翰迪尔[1]大拖拉机在爸爸的院子里出出进进，把这地方搞得一团糟，压根无心去维护爸爸领地的完整，这让他心里悲戚戚的。

---

1 美国农业和林业领域产品供应商。

这根本就是入侵。眼下，沉浸在死寂的孤单中，也比听那个无知家伙的聒噪和他的花哨机器制造出的噪音好多了。这就是爸爸对这件事会有的看法，约翰斯确信无疑。

有一次，他听爸爸跟妈妈说他是个极其安静的男孩。爸爸以为约翰斯听不见他们的对话。妈妈肯定抱怨说他是个傻子，但爸爸为他说好话。他听得出来，爸爸的嗓音里透出喜爱。不过你也会对一只本该一出生就溺死的呆头呆脑的老杂种狗心生喜爱。他是个只会吃喝拉撒的废人，一个大麻烦。可就算如此，你也得隔三岔五给他洗澡擦身，让他饱食一顿。你几乎每时每刻都得好好对待他，因为成为一个流哈喇子的傻瓜并不是他的错。但有一点可以肯定，你绝不会四处炫耀，将他展示给众人看。

对他来说，卧室是最佳思考场所。过多的思考会把你的脑子搅成一团糨糊，使你的脑子开始像视频播放器一样展示出自己的蒙昧。最糟糕的是被迫跟人讲话，比如有个长舌妇会拦在回家路上向他问东问西，或是在面包坊里打听他妈妈，又或者有人在街上拦住他，问他好不好，问他的姨妈特瑞莎好不好，问小弗兰克考完试没，而这时他只能杵在那里，脸上烫得要命。他使出吃奶的力希望可以回答得体，让自己听起来像个正常人，但笨嘴拙舌更像个大笨蛋。说话到底有什么用？有什么成就是光靠言语就能达成的？

约翰斯时常在自己房间里想姑娘。他有一本黄色杂志，原本属于安东尼·德怀尔，后者并不像约翰斯那样蠢，但他一条腿比另一条短，是个颤颤巍巍的瘸子，因此也有自己的难处。翻看德怀尔的杂志常常让他感觉自己罪孽深重，就算动一动翻看的念头，也会产生类似他有时上前去领圣餐之前有来自莫兰的女孩穿短裙坐在靠前排位子时的感觉：他感觉到心脏在擂鼓，在蹦跳，在胸腔里踢打，似乎准备从他的嗓子眼飞出来，冲出口腔，扇他一巴掌后，用血红的小肥腿遁走，身后留下一条血淋淋的足迹，并高呼道，祝你好运，肥猪，反正你根本用不着我！他看向窗外院子的另一头。外面风平浪静。为何不呢？

他幻想德莫特·麦克德莫特和一个穿着短裙的姑娘在一起，她被那个浑蛋牢牢箍住，无法脱身，他对她说，继续呀，来吧，要跟她胡搞，但她不情愿，想挣脱开。接着，他幻想他自己从德莫特·麦克德莫特身后大步靠近，他转过身，约翰斯给了他一拳，正好打在下巴上。那名可爱的姑娘哭着说谢谢，谢谢你。然后约翰斯伸手环抱住她，她突然下定决心，要干德莫特·麦克德莫特想跟她干的龌龊事，只不过是跟约翰斯，而不是跟现在躺在泥地里的那个卷发浑球。

约翰斯还没正经跟女孩说过话，除了妈妈、姨妈和一些长舌妇，但她们当然跟城里的或是身披被妈妈称作**冻掉屁股**的短夹克，站在莫丽店铺外抽烟的真正女孩不一样。他顶多跟派基的女儿，要不就是合作社里哪个女顾客说几句你好、再见、棒极了、是的请和十分感谢，真的，仅此而已。有一次，他父母说服他去参加一场迪斯科舞会。他不知道为什么他们处心积虑想让他去。那是年轻人的专场，在十五英里外一间破败的舞厅举行。有巴士从村里出发，二十五个座位，有些人必须站着。想到那辆巴士、那间挤满女孩的舞厅，以及尤金·彭罗斯和其他酷小伙都会嘲笑他，盯着他看，仿佛在说**他**以为自己在哪儿，他不属于这里，约翰斯搞不明白为什么爸爸妈妈要让他难堪，何况还得冒着不得不开口说话和被期待着去跳迪斯科的风险。他怎么就不能跟往常一样，在家里陪他们，看《深夜秀》[1]，喝茶，吃面包或葡萄干蛋糕。

那年约翰斯十三岁，乌黑的头发乱蓬蓬，肆意地张牙舞爪。他的脸庞红红的，一双手大得像蒲扇，腿脚笨拙。他的嗓音沙哑，话语脱口而出时不是过分尖声尖气，就是浑浊一片。被迫发言时，他会摇头拒绝。对一个小男孩来说，这些不幸肯定压得他喘不过气来。

妈妈特意为他买了新裤子——品质精良，肯定不会显得落伍——一件衬衣和一件针织套衫。针织套衫价格不菲，上面有一个小小的高尔夫球手，与所有那些酷小伙所穿的一样。他脚上还蹬着马汀博士牌马汀靴，那是爸爸给他买的，装在一个印有"空气气垫[2]"的盒子里拿回家。但他码子买小了，不得不拿回城里调换大码的。不过爸爸没放在心上，他说这是他自己的问题——他本该量一下。

那晚，他离家去迪斯科前，妈妈亲自帮他将头发梳到后面，亲吻他的额头并说，我的小男孩，出发去跳他

---

1 《深夜秀》(*The Late Late Show*) 是美国全国广播公司（NBC）一九九五年推出的一档夜间脱口秀节目。
2 原文疑似有误，马汀博士（Dr. Matens）有 Air Wair 的标志，并非 Air Wear（空气气垫）。

的第一支舞。爸爸开吉普车送他到村里，他从高高的坐椅上跳下来，感觉自己是个大人了。爸爸冲他眨眼说，去吧，花花公子，别忘了给其他人留几个姑娘！约翰斯不确定爸爸是什么意思，可听起来男子气十足，怪有意思的，他笑着回应道，祝我好运，谢谢爸——当可能被其他酷小伙听见时，他谨记不要叫成**爸爸**。爸爸在路上给了他一枚五镑硬币，正热乎乎地攥在他手里。巴士车费会用去两镑，剩下的三镑他可以随便花。迪斯科上有什么可买的？约翰斯想象不出来。反正肯定有可口可乐。除了紧张，他还感到刺激。

他本期待德怀尔会在纪念碑等公交，这样他就有呆瓜同伴了。爸爸吉普车的轰鸣尚未远去，汽油味还没消散，尤金·彭罗斯就蹿上车。他夹在两个同伴中间，一边是小米基·法雷尔，一边是个读五年级的金发小子，他有天跟青年队的一个家伙打了一架，打得对手鲜血直流，他打赢了，青年队的家伙开始号啕大哭，鲜血从鼻孔里喷涌出来。对方十八岁。

你上这儿干吗？尤金·彭罗斯头发留得很长，刘海耷拉下来，把耳朵也盖住了。爸爸会说他看起来是个十足的蠢货。丑陋的家伙！

去迪斯科，约翰斯说。

真的？过来，过来这边，站到我们这儿来。开巴士的是老帕迪·斯库卢博斯，所以他肯定会迟到个一年半载。这会儿他说不定还在屋里剔牙呢。

约翰斯不知所措。尤金·彭罗斯之前也跟他客客气气说过话，但结果总是很糟糕。有一回，那种友好态度持续了一整天，随后尤金抓起他的书包跑进教堂的大门，将它挂在尖栏杆上，约翰斯爬上去取时，尤金·彭罗斯拽下他的短裤，将一大坨泥巴塞进他的内裤，一脚踹去，泥巴糊了他一屁股。他高声嚷嚷，说约翰斯拉在裤子里了，结果校车上所有人都看见他的屁股和后腿上沾满泥巴。差不多一年后他还被叫作屎屁股·坎利夫。

然而约翰斯却跟在尤金·彭罗斯和斜眼的小米基·法雷尔（某个周六，妈妈询问从集市回来的爸爸，法雷尔家的那个小子是不是蒙古人？爸爸大笑着说，不是，他跟他老爹一样是只耗子。）身后走到纪念碑。所有的酷小子都在那里，还有几个姑娘，她们举手投足间似乎对那些酷小子厌烦透了，但你看得出来，她们并不真心讨厌，还有几个看着紧张兮兮的呆瓜站在一旁，仿佛一盘牛排薯条外围一圈水灵灵的西蓝花。

嘿，兄弟们，彭罗斯扯住他的手臂，将他展示在众人眼前，宣布道，来瞧瞧坎利夫的针织套衫——我敢说是他妈妈织的，上面的高尔夫球手也是她贴上去的！

我敢说这是他爸从废品站买来的，另一个人说。约翰斯看见他的呆瓜同伴们也跟着酷小子们一同哄笑，他们暂且被忽视而倍感安全，并趁机取得信任。

嘿，约翰斯·舔穴，现在可别拉裤子里，这辆巴士小得很！

我们把这贱货塞进行李箱吧！

有人抓起他的针织套衫后背，将商标扯掉，高喊**潘尼斯**[1]。

约翰斯知道妈妈不是在潘尼斯给他买的针织套衫；她去的是城里的高档店。他之所以知道，是因为他听到她跟爸爸讲价格贵得离谱，爸爸说，当然了，那又怎样。她说，没错，那又怎样。接着他听到裂开的声音，针织套衫肩膀处的两颗纽扣崩落到地上。他弯腰去捡，但身后扯衣服的人还拽得牢牢的，于是又一声裂开。针织套衫的领口变得松松垮垮，从肩膀滑落，他不知道要

---

1 潘尼斯（Penneys）是爱尔兰的服装零售品牌。此处为谐音梗。

怎么向爸爸妈妈解释自己昂贵的新针织套衫是怎么被毁的。

帕迪·斯库卢波斯来了，约翰斯的煎熬暂告一段落。有成年驾驶员在，没人会在车上欺负他，这是理所当然的。他坐在顶前面，尽量贴近驾驶员。另两个没有恶意的男孩坐在他对面，看着有点过意不去。但他的庇护所很快坍塌：尤金·彭罗斯在他身边落座，将一只假装友善的粗壮手臂搭上他的肩膀，约翰斯不得不往里挪给他腾出地方，耗子般的小米基·法雷尔和金发小子坐到他背后的坐椅上。当他们又开始戏弄他，试图将他的针织套衫脱下来时，老帕迪·斯库卢博斯只是歪了下头，面带几分笑意地说，嘿，别闹了。约翰斯看到他愚蠢的老脸上就剩三颗门牙，连咳带喘的，跟这辆巴士一样。最后他猛地一踩发动引擎，将车开动。

真的有人在车屁股后面点了支烟！就连尤金·彭罗斯都略感诧异。但在干坏事这方面，他可是所向无敌。他找到那个抽烟的小子，带着点燃的烟走回来，戳到约翰斯的脸上，他每次躲闪时脑袋都在巴士的车窗上磕磕碰碰。你在喊停车吗，帕迪·斯库卢博斯说完又是笑又是咳。约翰斯感觉到烟头的热量贴近他的皮肤。他想到妈妈和爸爸会问他是怎么烫伤的，是谁干的，接着爸爸会怒不可遏地跳进吉普车，开去尤金·彭罗斯家，找尤金·彭罗斯的爸爸理论，少不了拳脚相向。然后在星期一，尤金·彭罗斯一整天都会称他作**编故事的小浑蛋**，还可能胖揍他一顿。

他虽然没在约翰斯的脸上烫一个洞，却给他的新针织套衫烧了个窟窿，正好在衣服前襟。在他烟头接触的部位，衣料瞬间就燃起小火苗，这景象收获了一车爆笑，大呼小叫的欢叫声此起彼伏。当约翰斯一跃而起，拍打着灭火时，他的五镑从新灯芯绒裤子的口袋里掉落，滚到远处，结果被尤金·彭罗斯抢到手里，声称钱是自己的。有人说了一句，哎，快他妈还回去吧。可尤金·彭罗斯却说，你能把我怎么样？结果就是这样。

约翰斯想着妈妈在商场给他买新针织套衫的情景，她大概还去询问那里的工作人员这是不是时下流行的**酷**针织套衫，是不是年轻人穿的那种服饰。想到她如此为他着想，想到她见到他打扮得一丝不苟，像个正常的小伙子出门时有多么开心，他的心都碎了。

他们终于到达那间举行迪斯科舞会的破败舞厅，但约翰斯从排队的人群中溜走了。其中一个没有恶意的小子问他要去哪里。他默不作声，径直往舞厅黑魆魆的背后走去，那里有一片枝叶密实的小树林。他一整晚都待在那里，直到迪斯科结束，然后听到帕迪·斯库卢博斯将车开上山来。有好几次，他不得不退缩到阴影深处，因为有小伙子牵着姑娘溜出舞厅，在小树林里亲嘴。约翰斯极力屏住呼吸，融入黑暗中，因为他能想象出来如果他们瞅见他，那个姑娘会如何惊声尖叫，那个小伙子大概会骂他是变态，给他一拳。

他听见邦·乔维乐队在唱《活在祈祷中》，这是他最爱的摇滚歌曲。每个人都跟着唱，DJ在合唱时关掉音乐，于是只有迪斯科上的男孩女孩的歌声，唱得比之前的原声更响亮。接着他听到了国歌，之后人们鱼贯而出，登上巴士。那晚他不需要跟哪个姑娘说话，也没有像个真正男人那样在吧台喝上一杯可口可乐。他把自己烫坏的针织套衫扔到漆黑的树丛里。回家路上，没人注意他。车里人声鼎沸，竞相打听谁摸了谁的屁股，谁成功打啵儿了。有个呆瓜组的小声问，你一整晚去哪儿啦？他叫这家伙滚开。

好些年前，他们还是好兄弟时，德怀尔将那本黄色杂志借给他看。约翰斯借走的时间比德怀尔原本打算的长多了。结果，德怀尔为此胡搅蛮缠起来，不过不算太过分。像德怀尔那样的小伙子不能太过焦虑——从各方面来说，他的心脏比他的畸形腿还要畸形。在约翰斯将杂志还给他之前，他在睡梦中猝死。那一晚，他的心脏就那样停止了跳动。

他的爸妈伤心欲绝。怎么可能不为他们的小**人儿**伤心欲绝呢，德怀尔死的那天妈妈跟莫丽·金赛拉说。一些 ICA 的成员聚在约翰斯妈妈的厨房里，揭开这起悲剧的伤疤，正如奶牛嚼食丢弃的小吃盒。莫丽·金赛拉挑起眉毛，将老巫婆般的下巴翘上天，承认她认为一个那样的小伙子，不会跟一个正常、高大俊朗的，会打曲棍球的，并且有一群咯咯笑的姑娘挤在看台为其神魂颠倒的小伙子一样被疼爱，比如像德莫特·麦克德莫特。可以这么说。

约翰斯曾经见到德莫特·麦克德莫特踢他家的狗，就在高山墓园附近，麦克德莫特家的大农场跟爸爸的小农场毗邻的地方。约翰斯那时已经起床在喂饲料了，但他将拖拉机留在田地附近，向上走了几步。他听见呼喊声，有个女孩的声音，在叫某人傻屄，可等约翰斯爬上麦克德莫特家的高地，视野终于清晰时，德莫特·麦克德莫特却是只身 人，身旁是他家的老边境柯利牧羊犬。柯利犬对你的爱是确定无疑，毫不妥协的。约翰斯眼见德莫特·麦克德莫特给那个可爱老东西的身侧来了一脚，差点把它掀翻。它呜咽着一瘸一拐地走开。他想象着一位年轻女士在与德莫特·麦克德莫特争执后，怒气冲冲地猛冲下来，从他家屋前经过，在她穿过他家院子时，他的家人在屋里只顾冲她大笑，而他只是摇头，继续谈论他伟大的庄稼实验，这项事业已经为他带来全合作社的赞誉，人们纷纷打听，说他了不起。这就是如今男女间的相处方式吗？

爸爸妈妈就不一样。他们偶尔说过几次狠话，而且总是由傻事引发，像是把泥巴带进了屋里。就算如此，爸爸也能通过逗笑妈妈来化解，妈妈看着爸爸装疯卖傻，假装不知道泥巴的事，装作要报警，因为肯定有入侵者在外逍遥，约翰斯也跟着大笑。经过这么一闹，他们的关系仿佛升华了。昂桑克夫妻：**他自己**和**她自己**——爸爸妈妈总这么称他俩——安静地陪在对方身边。你知道他们相互爱慕，你从他们的态度看得出来：一个被另一个的话逗笑；一个说着话，另一个人便洗耳恭听；他们随时随地互称**宝贝**。

　　不过，约翰斯在希斯布莱恩店门外见过年轻小情侣们，彼此之间的态度可不怎么样。一个星期五晚上，约翰斯躲在希斯布莱恩店前街角的一个加油站旁畏缩不前，因为路上发生的争吵与叫嚷让他神经紧绷。一个女人吼得震耳欲聋，他没听过哪个小伙子有这么大的音量。约翰斯不想听进去，但还是抓住了重点，原来是他们家里有孩子，她出门去了，他本该照顾好孩子们，他保证过，结果呢，他却在这里喝光了兜里的每一分钱，这本来是她用来买**母鸡**的钱。

　　母鸡？约翰斯无法想象一个穿着紧身牛仔裤、高跟鞋的女人居然会买母鸡。他壮胆从她身边走过，看清了她的脸；上面淌下黑糊糊的泪水，那个男人跟他一样是个肥佬，不过颈项上文有十字架。他们来自城里，跟许多人一样，住在政府廉租房里。十字架文身男在抽烟，对穿紧身牛仔裤的女人置之不理，最后，她只能站在那里对他大吼一声，你这个狗娘养的。就在约翰斯从她身边经过，尽量不去引她注意时，她对他用城里人特有的婉转腔调说，你看什么看，呆瓜。

　　约翰斯感到被冒犯了，因为她居然知道他是呆瓜。

文身男见她转移了注意力，似乎挺开心。他不过是个傻子，他断言道。约翰斯加快步伐。一个**傻子**。傻——子。有趣，从一个脖子上刺着十字架，对自己的孩子不管不顾，还把买母鸡的钱豪掷在酒精上的大肥佬嘴里说出来。如果约翰斯娶了老婆，就算是一个牛仔裤卡在屁股上、长得疯疯癫癫的女人，他铁定不会像这样；他会关心他俩的孩子，把工资都拿回家，还会耍宝来逗他们笑。约翰斯回味着牛仔裤和他透过裤边瞥到的一点点粉红的肉褶，于是那本杂志又钻进他的脑海。万一他在厕所里手淫，摆弄自己时，有哪位已逝之人正看着他呢？根据科特神父的说法，死者就环绕在我们周围。所以说，他们正笑话我呢。

约翰斯下楼到起居室，妈妈正在那里看新闻，手里编织着什么，目前还看不出形状。褐色大钟滴答作响，夜晚也在一点一滴中缓缓流逝。爸爸去世之前，他们几乎不使用会客厅。如果他们都要看电视，那就坐在破旧的绿色长沙发上。不用时，沙发收入后厨，访客看不见的地方。使用时，爸爸会把它拖出来，摆在壁炉的正前方，妈妈在一边指挥，就好像他正在院子里倒拖车。约翰斯总是挤坐在他们中间，他们找一部电影或者喜剧看，广告时间妈妈就去泡茶，回来时端的托盘里有奶油馅饼。没有什么比得上这一刻。然而现在客厅里只有妈妈一个人。破旧的长沙发上堆满与沙发无关的东西：方盒子、四散的小玩意、须须缕缕的杂物。反正没有爸爸在，一切都失去平衡了。原本的沙发上过于空荡，它就像是从电视背后吸走尘埃的吸尘器，可以抽取你的悲伤：你本已忘记它的存在，直到你为它掘地三尺。

到了上床睡觉的时间，他很高兴能跟妈妈道声晚安，然后退回自己楼上的房间去思考问题。有妈妈在房间里，一个男人无法思考——要思考对一个跟无心与世界交流，只余下孤独想法和呢喃祷告的女人说些什么已经够难的了。那个身穿紧身牛仔裤的发脾气的女人看着有点像德怀尔黄色杂志里的姑娘。约翰斯无法相信她们是真人，她们的脸太白了。女人身上怎么会有看起来如此怪异的部位，好像外星人的脸孔，但你又止不住想要盯着看？

约翰斯乐于回忆爸爸过去给他讲的睡前故事。他有五个伯祖父都是牧师，分散在苏格兰、美国和加拿大。他们加入神职，以自我放逐的方式，来为多年前在爱尔兰独立战争中杀害那么多黑棕部队[1]队员赎罪。那时爸爸的父亲还很小，是六个兄弟姐妹中的老幺。他和姐姐整晚给砖块加热，然后放入空床铺下方，如果男孩们没在乡下巡逻，射杀英国佬，那他们的脚就会放在这个位置。这样当他们回到家，脱下衣服跳上床后，他们的脚很快会暖和起来。万一遭到搜捕，他们的母亲就会大声嚷道，当然了，先生，您瞧瞧，摸摸男孩们的脚，打太阳落山起他们就躺床上了，因为公鸡一打鸣他们就得起床。那狗杂种当然用他肮脏的英国枪屁股把他们从床上抽起来，让他们站成一列接受检查。他们表现得就像刚被从深睡眠中唤醒，脚趾头还是温热的。这套把戏挽救了许多年轻革命者的性命。

那名英国军官留他们活命，却在离开之前放任黑棕部队的浑球们撒野。他们试图将圣母玛利亚像冲下马桶，将圣画像拿到院子里，摔到地上，在我们的主身上撒尿，天晓得这些圣物将会遭遇其他什么亵渎。终于，伯祖父们赢得战争，约翰牛[2]和他的野蛮军团滚回了老

1　指爱尔兰皇家警队后备队。
2　对英国人的蔑称，源自苏格兰作家约翰·阿布斯诺特一七二七年出版的讽刺小说《约翰牛的生平》。

家。约翰斯想象他们的勇敢无畏，好奇为什么他自己没有同样的胆量。难道他们不是属于同一条血脉吗？这几个他素未谋面的伯祖父肯定善于侃侃而谈，或者是让姑娘们跟自己干德怀尔的美国杂志里描绘的事。他们随随便便就能把拧断尤金·彭罗斯这种人的脖子。

那祖父又是怎样的人呢？他当然也成长为一个勇敢的人，但那时候自由邦[1]已经建立，爱尔兰人端起枪炮指向同胞，接着又可以说握手言和了，而他的哥哥们已经分散到东南西北。在湖水完全冻结的时节，他曾骑摩托从约尔[2]码头出发，一路横跨德格格湖[3]抵达克莱尔郡[4]，不过是为了试一试能否在不落入冰窟的情况下完成这一壮举。他成功抵达克莱尔郡，在那里喝白兰地，抽烟，无疑还跟一大帮当地女孩吹牛。然后他掉头一路骑回家，受到了英雄般的欢迎。大概要成为勇者，你必须得有哥哥；他们迫使你变得强悍。祖父娶了一个美若天仙的女人，以至于人们——男人们**和**女人们——站在那里

---

1 一九二一年十二月六日，英国和爱尔兰代表签订条约，确定爱尔兰为自由邦，属英帝国的自治领地，该协议引发了持续两年的爱尔兰内战。
2 爱尔兰南部科克郡的海边度假胜地。
3 爱尔兰香农河盆地的一个淡水湖。
4 位于爱尔兰中西部，隶属于芒斯特省。

盯着她看时，嘴巴张得老人，不相信这样的尤物竟然真实存在。爸爸也是一位英雄，所有相识对他的爱戴与畏惧几乎不相上下。那么爸爸的兄弟，那个去世很久，几乎不被提起的迈克尔叔叔，又是怎么样的人呢？他在遥远的伦敦从脚手架上摔下来丢了性命，年仅二十一岁。他很**漂亮**，妈妈有一回说。这么谈论一个男人有些滑稽。据说他的魅力能够招引树上的鸟儿。

在这所房子里，他的周围环绕着这些英雄的幽灵，但躺在这里的他，一个寂寞的傻子却辜负了所有人。

二月

不管妈妈怎么评价，一月通常都寂寥，缓慢，拖得太长。爸爸过去说，二月的第一天开启了春季，这就好像你能命令季节什么时候开始。尽管大多数人同意春天始于三月，但爸爸过去说这句话时的样子——仰望天空，仿佛是去看看上帝是否在听，并提醒上帝播撒新的季节——好像他的话真能让世界回暖。

通常在二月头，奶牛开始急着产犊。有一年，约翰斯还是个小男孩，大概五六岁的样子，他被爸爸妈妈带到外面的畜棚，一家人花大半个晚上给一头待产的奶牛接生。那头小牛犊处于臀位，也就是说它转错了方向。

爸爸说，它想倒着来到这个世界。爸爸将手伸入那头哀号的小母牛体内，抓住牛犊的腿，将其拉出体外，轻轻放在干草堆上。牛犊颤颤巍巍地尝试行走，接着瘫倒在地，没了气息。爸爸说，它早产太多。约翰斯为早产的小牛犊哭泣，但妈妈告诉他，这头牛犊足够幸运。每年春天都有不少牛犊升上天堂，因为上帝在群星间拥有一座漂亮农场，牛犊们可以在那里生活，玩耍，从不知严寒、苦难为何物。听了这话，他感觉好受多了。

空气冷冰冰，但不久太阳会努力从山后爬升上来，开始它短暂的工作日，之后再沉落到地面之下。约翰斯喜爱世界在冷冽的清晨里带给他的感官体验：脆生生，洁净无瑕，仿佛所有生命不复存在。约翰斯走在通往村庄的路上时，时常幻想他是唯一幸存的人类，而其他所有人都被某个疯狂教授发射的炮弹炸成了灰，只留下他和几个仿佛自电视剧《聚散离合》[1]里走出来的年轻姑娘。约翰斯必须端起爸爸的猎枪，从饿疯了的动物嘴下

---

1 《聚散离合》（*Home and Away*）是澳大利亚的一部肥皂剧，从一九八八年播放至今。

将她们解救。他会背着猎枪，腰缠子弹袋，踏着行军步巡逻，年轻的女士们紧随身后，对自己的救命恩人心生爱慕。

爸爸的猎枪仍然收在家里阁楼的活板门后，沉睡在皮质枪套里，就像躺在与世隔绝的柔软床榻上。你把枪拿起来，可以闻到混合着木材、金属和机油的味道。那是一把温彻斯特霰弹枪，立双，侧面两个黑色的装弹孔。它沉重，冰冷，你几乎可以隔着天花板感受到它黑暗的重量。这些天他不断想起这把猎枪。爸爸在他十四岁时曾教过他正确的射击方法：牢牢握紧，轻轻抵在肩上。然后爸爸领他去河流区，枪口瞄向一只兔子。那只兔子警觉起来，仰起头在空中嗅了嗅。他帮他瞄准，告诉他手要稳，瞄准头部，慢慢来。他们收回兔子的尸体时，爸爸表扬他的枪法干净利落，但他却宁愿放弃整个世界和世界上的一切，只求时间倒流三分钟，让小兔子继续留在那个甜美春日的草地上。

他们回家后，妈妈感同身受。她察觉到他心中的痛楚，仿佛是她自己的痛。看着他，杰克，上帝啊，他的脸白得像纸。那种事有违他的天性。

有些时候，你只有亲身尝试后，才知道自己对一件事的感受。但却为时已晚，覆水难收。

给合作社运送蔬菜水果的约翰斯顿兄弟已经在那儿了，其中一个一边蹦跳一边搓手，好像这里是该死的南极洲，另一个坐在他们绿卡车的驾驶室里抽烟。蹦脚的那个长着一只巨鼻，大得似乎没有人类的脸蛋可以支撑。他佝偻着背，好似担着那条大鼻子使他不得不脑袋前倾，垂头对地。约翰斯常常发现自己盯着它看，然后意识到自己大张着嘴巴，大鼻子那个也不再说话。即使一个瞎子也看得出来约翰斯一直盯着他的鼻子。有一个词来形容那只鼻子制造的效果，约翰斯知道……**催眠人的**！就是这个词。想象一下，居然被一只鼻子催眠了！

约翰斯知道，如果爸爸见过那家伙的都柏林大鼻子，他一定会为它编一个绝妙的笑话。他会跟约翰斯说"我打赌那小子**必知**一大堆蔬菜知识！"之类的话，他会拿手肘捅约翰斯，重复一遍笑话，约翰斯就会领悟过来，笑得全身发软。在回家后，爸爸又会向妈妈描绘一番那只鼻子，他的形容是那么风趣，害约翰斯又笑得上气不接下气。

另一个兄弟骨瘦如柴，贼眉鼠眼，一头密实的卷发，手指修长，但被烟熏得发黄。他老是想戏弄约翰斯，老说他需要借一把踢脚板梯子，或是一把玻璃锤子，一把天空钩子之类的话，还请约翰斯替他问问派基。不过现在的约翰斯已经清楚这套把戏，这些无中生有的工具他全都已经听说过。所以当他对着约翰斯说话，想要诓他时，约翰斯就眨巴着眼睛去看大鼻子。约翰斯也想跟着他们哈哈大笑，但事实上并不好笑。

派基来了，活脱脱一条咆哮的狗，正在对政府的所作所为吠骂不止。他抬手就开始拖拽起那些足有四石[1]重的口袋，那是约翰斯之前已经整齐码放好了的。那帮鬼鬼祟祟的蠢货想要揩油，口袋你过磅了吗，不，你没有，你当然不在乎，反正也是死工资，去把秤拿出来，把口袋逐个放上去，老天啊，你站在那儿像个给自己挠痒痒的大猩猩，我还必须付给你那些工钱，简直是作孽。

派基永远都在抱怨自己被迫付给约翰斯的工钱，抱怨狗屁**最低工资**让这门小本生意遭遇的可怕不公。派基说，他应该为到账的工资感恩戴德。法律里有写道，身

---

1 石（stone）是一种计重单位，一石等于六点三五千克。

心不全的人不适用于最低工资条例。

约翰斯不太肯定**身心**是什么，但他清楚自己的外在没有任何残缺，所以肯定是他内在的什么东西让派基认为有问题，阻止他拿到最低工资。约翰斯知道最低的意思：一条红线，不能比它还低。约翰斯并没有派基以为的那么好糊弄。他对即将执行的新法案了若指掌。但那又如何，派基有自己的一套法律，最低线不适用于约翰斯。

正如通常的星期二，这一天越拉越长——无望的一天，爸爸曾说过——它既不在一周的开头，也不在中间或者结尾，它是波峰前的漫长一天。波峰是星期三。星期三总让约翰斯联想到一座小桥，你跑过这座桥，就从一周之始抵达下一周之始。约翰斯的工作日一成不变：早上起床，去工作，面包坊用午餐，回去工作，完成工作，从工作地回家的途中被狗欺负，强忍泪水，回家，吃晚饭，跟一言不发的妈妈一起看电视，上床睡觉，看看书，想着爸爸或姑娘或聆听着自己的愚蠢想法入睡，然后再次出发，精疲力竭，行尸走肉。

午餐时间他会去昂桑克家的面包坊，昂桑克先生从烤箱里拿出一个仍然温热的可爱面包卷，放上火腿和奶酪，亲自递给他。餐后还会给他丹麦糕饼或者果酱甜甜圈。一想到面包坊，这一天节奏更加慢了；温热的面包香气，放置的小巧桌子，配以红白两色的桌布，昂桑克夫妇的面孔，他们站在长形木质收银台后对他微笑，墙上的壁画打约翰斯童年起就未曾换过，还有那里固有的温柔感觉。就算这地方挤得水泄不通，每个坐椅里都有人坐着饮茶，吃三明治或蛋糕或小圆面包，沿窗一溜高脚椅被占满，收银台前也排起长龙等新鲜出炉的面包，总有约翰斯的一席之地，因为**她自己**会亲自领他进入后厨，热情周到地招待他。这里与炸鱼薯条店完全不同，在那里，时常有人插到约翰斯前面。有一次，约翰斯买好汉堡和薯条走出大门，因想到接下来的盛宴正口水直流，一个小子一脚将他手里的食品袋踢翻，袋子腾空而起，飞落到街道中央，他的薯条撒得遍地都是，一条狗直冲过来一口吞下了他的汉堡。

面包坊里有个打工的老姑娘，痴痴傻傻的——妈妈叫她死鱼眼玛丽——她对你说话时，从不正眼瞧你，嗓音吱吱喳喳，细声细语，让约翰斯联想到动画片里的老鼠。她就身心不全，约翰斯确信。他想昂桑克夫妻俩不会冲她乱吼最低工资的事。她真该为此心怀感激。

约翰斯坐在昂桑克家厨房的餐桌前，死鱼眼玛丽给他端来面包和茶。厨房和收银区以一挂串珠窗帘隔开，正对着的长形收银台的地方掀开了一段，所以约翰斯能看到外面餐桌所在的地方。顾客们往里却看不真切，因为昂桑克家的厨房比外面店里光线暗淡得多。

老帕迪·鲁尔克一个人坐在一张小桌子前。他每次将茶杯送上嘴，茶杯都抖个不停，放下时又与茶碟磕碰得叮当响。茶杯抓在帕迪·鲁尔克的大手里，看起来就像娃娃屋里的玩具。约翰斯不明白他为什么不跟那些声响弄得更大的老头一样，问死鱼眼玛丽要一个大马克杯。但她应该有那个眼力见，不要等他开口要。

帕迪·鲁尔克曾经在自家院里遭遇过一次袭击。一辆货车停下来，出来三个家伙，冲到他家院子和房屋附近，开始将各种机器物件往车上装载，包括一台水泥搅拌机、一把电锯和其他杂七杂八的东西。他们一定是知道帕迪没电话，爸爸说。帕迪冲出来大吼一声，其中一人将铁铲拍到他脸上，他们一伙肯定对他一顿拳打脚踢。他在医院躺了差不多两个月。爸爸说帕迪错就错在出来时没带枪。应该给他们来两枪，爸爸说，他就应该边开枪边往外冲，让法律见鬼去吧。在那个夏末，爸爸油尽灯枯的时候，他告诉约翰斯出门见访客前一定要小心，没有一把上膛并且打开保险栓的枪傍身，就不要靠近院子里的流浪汉。约翰斯不知道自己是否够胆拿枪指着别人。万一擦枪走火，不小心把别人脑袋打开花，却发现对方不过是个卖冻肉的小贩该怎么办？

　　自从被那帮混混暴打一顿后，帕迪看起来更瘦小了。如今他总是一副窘迫模样，好像他自觉被痛扁是件丢脸的事，几乎可谓人生的败笔。在癌症和混混分别向爸爸和帕迪·鲁尔克袭来前，他们都很强壮，坚强。他们不允许自己每天被尤金·彭罗斯这类人折磨。足足来了三个壮汉才将帕迪·鲁尔克撂倒，现在他重新站了起来，而爸爸面对的是三种癌症：胃部、肺里和脑子。难以置信，**三种**！

　　他也只差一点就将它们打败。

　　尤金·彭罗斯的骚扰始于小学，贯穿整个中学时期，即使约翰斯最后两年去上技术学校，而技术学校无法忍受尤金·彭罗斯继续当小浑蛋，将他轰了出去，他只好去上基督兄弟圣会学校，他们依旧乘同一辆巴士从家里出发去城里上学。两人分别毕业后，约翰斯的苦日子暂告一段落，因为尤金·彭罗斯走了。他去英格兰给他叔叔干活，做了个粉刷工。传闻说，他之所以跑路是因为陷入了麻烦，事情发生在某天夜里的城中，牵扯到一个女孩子。不过几年后他回到了家乡（妈妈说，就算他的亲叔叔也受不了这个烂透了的小杂种），约翰斯心惊胆战地看见他在村里走动，步伐轻快，红色大脸膛上挂着恶毒的笑。

他在基尔的肉类加工厂找了份工，但自从两年前那地方的工作逐渐停摆后，他似乎整天都跟一撮小流氓在村里的 IRA 纪念碑附近晃荡，乱吐唾沫星子，大呼小叫。约翰斯经过时会饱尝一顿司空见惯的夹道老拳。尤金·彭罗斯似乎比过去愈发仇恨约翰斯，因为约翰斯有工作，他尤金·彭罗斯却没有。约翰斯想知道，希望某人去死，甚至更糟糕，希望成为手刃他们的刽子手，是多大的罪过？他想象自己的胳臂缠上尤金·彭罗斯的咽喉，使用夹头术锁死他，直到他永远闭上嘴巴。

最可怕的是他们儿时曾是要好的小伙伴。在幼儿园小班、大班，小学一二年级时，约翰斯、德怀尔、尤金·彭罗斯、西尼·马克、莫提·唐纳尔、比利·哈斯特、库克·瑞安、乔·康尼翰、科纳·奎恩，还有其他几个小朋友，大家都在一起玩耍。但当城里的孩子涌入后，分歧开始出现。男孩们学会去听家里的对话，相互间开始另眼相看。于是那些权贵的儿子们只跟自己人玩，劳工的儿子和来自城里的小子分别成立起自己的小团体。德怀尔跛得最厉害，所以他自成一派。约翰斯为德怀尔感到难过，但还不至于去跟他为伍。作为块头最大、最笨重、说话最含糊不清的一个，他自己的麻烦就够多了。

像他们这个年纪的小伙子大多都有自己的女人。约翰斯见过他们开车带女孩在附近兜风，手牵手穿过村庄，观赛后一大波人兴高采烈地一起去泡酒馆——有些小伙子甚至都**结婚**了。一个在学校里低约翰斯一级的家伙已经有了一间大房子，远在罗斯齐达[1]。不过他爸爸是个权贵，像别人买卖牛群或羊群一样买卖大片土地。

---

1 爱尔兰西部戈尔韦郡的一个城镇。

妈妈说，那帮人全都**魔怔**[1]了。他们虽说都是白手起家，但当你把全身心交予魔鬼后，就能毫无顾忌地享尽俗世一切。约翰斯好奇妈妈果真相信魔法，还是说这只是她不厌其烦讨论**权贵**时的陈词滥调。不过约翰斯听过某些远房亲戚的遭遇，说是有人将破壳鸡蛋留在干草堆里，结果他们储存的干草全部腐烂了；变质的牛奶被泼洒到挤奶房，结果奶牛产出发酸的奶汁；羊的死胎被堆在后门，结果整个畜群染上恶疾，不得不全数销毁。几年前，由于那些人手段太过分，一个远在霍利福德[2]的老年亲属不得不前去土地委员会求助，然后分派了一个距离他家几英里的闲置农场，而家里的祖产则落入与恶魔为伍的邻居手中，他自己反被他们用肮脏的手法驱逐出家门。

与同恶魔打交道的可怕程度相比，他仅仅想**知道**世上是否有办法让尤金·彭罗斯放过他一次，又能在多大程度上损害到自己的不朽灵魂呢？尤金还出席了爸爸的葬礼。在移棺至教堂时，他用软绵绵、潮乎乎的手掌跟

---

1 原文使用的是爱尔兰独有的表达"超自然"的单词 piseog。
2 霍利福德是爱尔兰蒂珀雷里郡的一个小村庄。

约翰斯握手，一言不发，只是冲约翰斯幸灾乐祸地笑。他的父亲跟在身后，通红的面颊上镶着一对机灵的小眼睛。很多年前，爸爸曾给那个男人安排过工作。可爸爸从不让谁觉得欠了人情。一是一，二是二。不过世上像帕齐·彭罗斯这号人，你将最后一毛钱给他们，他们还会回来取你的钱包。他们一边用你付的工钱喝酒，一边在你的街坊面前咒骂你。

爸爸从各种意义上来说都已**千疮百孔**。约翰斯听到一个 ICA 的妇女在起居室这么说。他去年冬天因为胃痛入院，他们把他剖开，只看了一眼，就重新缝合上，将他直接送回家。他们束手无策。这老伙计，已经千疮百孔。他，**千疮百孔**。

在西部电影里，你可能被子弹射得千疮百孔。一把旧椅子可以被木蛀虫蛀得千疮百孔。而你会被癌症折磨得千疮百孔。如果你已千疮百孔，就可以将头夹在两腿之间，给你的屁股来个吻别。约翰斯想象爸爸的体内黑糊糊，布满疮孔。他闻过爸爸临终前的呼吸——腐败的味道。爸爸如同一颗被人剥开的板栗。剥皮的栗子，初看新鲜，结实，一晌后就变得空洞，干瘪，缩了水，一副枯死的模样。

假如约翰斯在合作社或面包坊里想起这件事，同时身边有其他人时，他会打心底感到痛苦，连自己的口水都咽不下去。通常他会疯狂眨巴眼睛，不断深呼吸并憋住气，阻止泪水淌下来。爸爸死后，他花了好几个星期才掌握这套方法。假如他孤身一人，走僻静的小路回家，或者待在他楼上的房间里时，通常不会察觉到眼泪，直到他感觉它们在下巴上汇流。他希望自己能够像有些男人表现的那样坚强，无动于衷。他记得拉斐尔·克兰西在自己的小儿子被汽车驱动轴卡住而丧命后的模样——他像石雕一样站在教堂上方，面色苍白，一声不吭，但也没有妇人似的眼泪和啜泣。你不会见到他那样的男子汉在道路上蹒跚而行，悲戚流泪，或是站在父亲坟前像报丧女妖一样哭丧。

不能再这么放任下去，最近他只能在这样的情绪里看到黑暗。人的生活里怎么能只有对亡父的悲悼，对一蹶不振的母亲的担忧，以及对自己童年死对头的恐惧，恐惧他每天傍晚从愚蠢的纪念碑后现身，冲他扑来？妈妈**一直**在萎缩。她两年前还站得笔直，在爸爸刚死后腰杆就有点弯曲，如今更成了伛偻的一小只，仿佛包裹在悲伤和沉默里的一个问号。在过去，她总是一刻不停，滔滔不绝，忙着烘焙和发泄坏脾气。你经常看不清她，因为面粉形成的雾团环绕在她四周，或者是她动作太快；也几乎听不清她的话，因为她唠唠叨叨，开怀大笑，讲着这个人说了这个，那个人穿了那个，还说有人**又**被看见与来自西沃曼山区[1]的背弃老婆的家伙出现在城里。直到爸爸被埋葬，满怀慰藉之意而来，满载三明治、苹果馅饼、茶和酒水而去的人群终于离开屋子后，妈妈才终于彻底停下来。如今的她常常行动迟缓，漫无目的，双目低垂，很少会去比爸爸埋葬的高山墓园更远的地方。

同情不会永存，正如投入河里的小石子，在激起一股水花、一圈涟漪后，便消失于水底。他时不时偷听到妈妈和长舌妇们讨论死了丈夫的寡妇们。妈呀，她现在心里应该想要放下，她们说，整整一年了，她仍旧走到哪儿都拉长了脸，仿佛整个该死的世界都压在她的肩上。一旦在死亡与现在之间有一个圣诞节，你就无权再怨天尤人。几个月后，同情似乎开始蒸发，一年后则完全枯竭。她们说，她会很乐于现在就过上圣诞节，仿佛

1　位于爱尔兰蒂珀雷里郡，最高海拔四百七十米。

遵循着亘古不变的准则，譬如圣餐仪式前不吃东西。想象一下她们如今会怎么谈论她！过去妈妈厨房里经常有人来闲话家常，现在再也没有人来。她们现在转战到其他厨房，继续嘀嘀咕咕，吱吱喳喳。妈妈却成了那个古怪的老女人，心里正在经历放下。

　　回家路上哪儿都没见到尤金·彭罗斯和他的小团体。约翰斯放松心情。寒气刺骨，但天气仍然很好，阳光普照。太阳有办法让你振作。这是事实，不是假话。爸爸过去偶尔阅读科学杂志。妈妈总说有这样一副头脑他没有**干不成**的事。可过去只有权贵负担得起子女上大学。况且他父母家里缺不了他。约翰斯纳闷，这样的人到头来怎么生了个不中用的儿子？中学里的马龙小姐给他们所有人都上过有关**生殖知识**的课程。男人将数十亿精子射入女人体内。一颗精子努力游向卵子。以上帝的名义，约翰斯是如何赢得这场游泳竞赛的？其余的精子绝对都残缺不全。约翰斯射到卫生纸上冲下厕所的精子有几十亿呢？它们都是微小的半人模样吗？这种大规模屠杀当然会送你下地狱。

　　走进大门后，约翰斯发现一只孤零零的喜鹊站在院子中央盯着他看。他搜寻起是否有能带给他喜悦的第二只喜鹊[1]，一会儿后无功而返，于是挥手将这只倒霉喜鹊驱赶走。喜鹊抖一抖脑袋，蹦跳着离开。它甚至没有飞走。就连天空的小鸟也知道他的纯良无害。妈妈不在厨房里，也没给约翰斯留饭。一段时间以来，他能做的不过是吃完妈妈给他准备的饭菜：他所喜爱的浸泡在汤汁里的牛肉块、羊肉块，奶油土豆泥，芜菁甘蓝拌胡萝卜，佐以黄油和食盐，新鲜馅饼或面包屑沙司做餐后甜点。或者是咸培根和白汁沙司奶油酱拌皱叶甘蓝——他的最爱，也是爸爸的心头好。在这以前，约翰斯不记得妈妈有哪天没做饭。爸爸死后，饭菜的质量每况愈下，这很正常，但冷锅冷灶却是头一遭。一阵担忧袭来，约翰斯感到胃部抽搐起来。屋子里冷飕飕，不对劲。

他在起居室里找到了仰面倒地的妈妈，她套着那条经常穿去做弥撒的绿裙子。她的一条腿笔直，另一条弯着膝盖，仿佛为了摆出淑女的样子。她的两条胳膊从体

---

1 一首关于喜鹊的广泛流传的英语童谣唱道：一只带来悲伤，两只带来喜悦，三只带来女孩，四只带来男孩，五只带来银子，六只带来金子，七只带来秘密，永远不被泄露，八只带来愿望，九只带来亲吻，十只带来鸟儿，你绝不会错过。

侧伸展出去，像极了十字架上的耶稣。她的头部转向一边，正看着沙发底部的什么东西，看起来她被那东西惊吓到了，因为她的嘴巴张成了 O 形，嘴唇因兴奋变得青紫。如果妈妈本意是要躺下，为什么不躺在沙发上或者上楼躺床上？妈妈，起来。**妈妈**。她大张着嘴，却没有发出任何声音。这就如同陷于梦境，幢幢黑影向你袭来，你挪不动腿脚，想尖叫却无法出声。

那晚的晚些时候，科特神父告诉他，整个考验中他一直相当冷静。他一直坐在地板上低头看着妈妈，直到救护车来。他抓着她的一只手，合上她的双眼。他回答他们的每一个问题。医生说，她至少在五小时前就去世了。

三月

天呐，夜晚能听到巨大的拔节声。想象一下，已经三月了！三月初临时天气凶猛如狮，慢慢却变得温柔，仿佛羔羊。乖乖，一年飞逝。感谢上帝，最冷的时节总算过去了。

每年三月初，爸爸都会做同样的观测，预言接下来的天气。观察蛞蝓、甲虫和其他令人毛骨悚然的爬虫的数量和方位，观察知更鸟的蹦跳姿态，野兔和狐狸穿越田地的之字形身影，观察他们脚下由阿兰群山在傍晚时分投射到田地里的阴影，观察迁徙的鸟群离开或归来的早晚，以及它们的飞行高度：种种事物以各式迹象充当

　　　　　　　　　　　　十二月纪事

神秘的语言，向爸爸诉说新季度的脾气。

妈妈会翻着白眼跟他说，够了，快住口吧。可不久你会听到她**一字一句**向那些在厨房里喝茶、吃葡萄干蛋糕、叽叽喳喳的 ICA 长舌妇朋友们重复爸爸的预言，她们哦哦啊啊，震惊于爸爸的博识和本领，然后心领神会地相互点头，说，啊呀！怎么气象局的聪明蛋们没法告诉我们这些东西？

孤独像是铺在地面的一张毛毯，它顺着溪水流过湿地，汇入湖中。它渗透进院子的淤泥里，掺入粮食围场的野蔷薇中，它要将空荡荡的房外附属建筑群撑爆。它像泪珠一样沿房屋内墙淌下，又像令人窒息的毒草在外墙生长。它在蓝天上，在石头里，在云朵中，在草地里。空气因它而黏稠：你把它吸入肺里，感觉自己可能窒息。它就像雨滴，填满空隙。它停歇在草上、树里，化作它们的模样，整片大地都被浸透。它的味道如同炖锅内部：刮擦过的金属，冰冷，浓烈。它击中你时，感觉就像在冬天结霜的早晨上体育课时被投球擦过指节：尖锐，钻心地疼，但疼在心底，闯祸的人看不见，不会为此道歉，更不会问你有没有事，也不会有哪个善良的老师愿意查看你的伤势，嘴里怜悯地发出啧啧声，告诉你一切都会好的，好孩子。

但你知道，如果换一个人处于你的立场，面对同样的事情，他不会看到或感到孤独。他只看到田地被露水打湿，墙面滚下的水滴不过是因为通风口被垃圾和污垢堵塞，爬满房屋的是五叶爬山虎，过去人们顺着步道从院里通往前门时，常驻足欣赏它的火红色。所以说，孤独只存在于你的大脑。它只占据了微不足道的空间。有一英寸见方吗？大概没有。一种感觉能有多大？还不到科学课老师曾讲过的原子那么大。它既微若无物，又包罗万象。

一个人的死不会改变世界，也不会改变世上的任何东西。大山依旧稳如磐石，太阳依旧保持它的热度，雨水依旧保留它的湿度。乌鸫依旧还在后院草坪上蹦跳，扑棱，争抢虫子来吃。猫依旧还在后窗外扯着嗓子叫，挠起爪子讨要吃食。蜂蜜依旧围绕鲜花和苹果树起舞，忙得团团转。自然规律中这种蛮横的一成不变具有一种可怕的残忍性。爸爸死后第二天，天空还是相同的蓝色，仿佛还停留在前一天；他们埋葬妈妈时，无情的雨水没有停歇的意思，无知地倾盆而下，随着浑浊的河水由高山墓园流到下面的道路。

　　尤金·彭罗斯和救济金男孩们消停了一阵。倘若哪一晚他们出现在加油站或者纪念碑附近，也会不加干涉地任他经过。但他深知，他们很快便会厌倦与社会礼节的这种和解，又开始出口成脏，废话连篇，对他百般折磨。甚至连派基有几个星期对他都相对客气。昂桑克一家每天都在面包坊里为他准备丰盛的午餐。有几次在他用餐时，她自己弯下腰亲吻他的头顶。每当她这么做时，他都想大哭一场。起先她照例每天在自己的厨房里为他准备午餐，过了大概一周，他重回合作所的岗位后，她每晚会给他一盘锡纸包裹的食物，让他拿回家在微波炉里热一热。

　　妈妈过去几乎不用微波炉。那是某位姨妈送来的礼物。妈妈说那老巫婆因为害怕不敢用，这才扔到她手上。她说这东西能叫你患上各种疾病，你哪里能知道呢？她说有位女士在微波炉工作时站在机器正前方，结果烧坏肝脏，痛不欲生地死掉了。约翰斯第一次自己启动它时，严格地遵照他自己写在一张信封上给他的操作指南，而且离得远远地站着。叮的一响，提示他工作完成时，吓了他一大跳。他自己说，如果微波炉**曾**烧坏了某人的肝脏，那也是很久很久以前的事，那时它们刚被发明出来，还没有密封处理。如今的微波不会泄漏。约翰斯并非完全信服，开关门的动作总是超快。他不希望逃逸的微波到处飞舞，烧伤自己。

昂桑克夫妻俩建议他搬过去跟他们一起住。他办不到。太尴尬了。除了其他窘迫事外，他还不得不使用他们的马桶。想象这两个温柔的人假装没有闻到他邀请入户的大猩猩的可怕体臭！这对他们不公平。他很可能不论在那里待多久，都压根不会去厕所。就像他十二岁那年，爸爸来自美国新泽西州的表兄弟和他可怕的金发妻子，疯狂的孩子们来住的时候一样。他们正**环游欧洲**，感谢招待（瞧他们的样子，妈妈说，那家伙的屁股上都没几两肉，还说什么**环游欧洲**！我倒要问你，如果他这么阔绰，怎么不去住城里的新酒店，而是不请自来，举家搬到他们家住？），他们住了一周多时间，在此期间他一次屎也没拉过，最后肚子疼得直不起腰。等他们离开后，他才终于安心地去了趟厕所，肛门差点被使劲挤出去的梆硬屎蛋给撕裂。

或者，他可以跑回家解决。只不过，他仍旧想象不出来如何在别人家做客，即便是他从小所熟悉、爱戴的昂桑克一家。他会成为一个臭烘烘、汗津津的大麻烦，他们一见他就生厌，希望他离开。约翰斯甚至不知道，他每天用午餐时，他们是怎么让自己对他如此友好的。

自从爸爸去世以后，约翰斯已经习惯了悲伤。这新的悲伤就像你在叉干草时多添了几分负重：你一点点变得强壮，因此当负担增加时，你的肌肉已有所准备，不会被重担压垮。足足两年多的时间，妈妈将自己包裹在悲伤的斗篷里，沉默寡言。现在他明白了，她只是在等待与爸爸团聚。她怎么能将他抛下，就这么一走了之？虽说他不是什么出众的小伙子，从未让她有机会在邮局大厅里将他夸耀一番，不像有些女人，她们在队伍中大声喧哗，生怕别人没听说她们儿子在读研究生，或者刚考完会计考试，又或者要去澳大利亚玩一年，用功读了这么多年书，这点乐趣不是应得的吗，如此这般，这般如此。

不过妈妈还是让他方寸大乱。她真的在危难时刻将他抛下。这感觉就像是她背着他早有预谋，她要去见爸爸，留下他自食其力。就好像她一直向他低语的那些含糊不清的祷告，是在筹划她的离开。难道他不值得她留在尘世吗？讲真，他也有点生爸爸的气。就好像他也以某种方式参与其中。是否像科特神父告诉他的，他们至少注视着他？有时他希望能见到他们的鬼魂，不过若是真的发生了，他很可能尖叫着跑开。又或者因为他们对他弃之不顾，而冲他们愤怒咆哮。

约翰斯意识到，孤立无援的状态里有一些东西，让他无法支撑太久：一种并**不**孤单的感觉。房子在入夜后吱呀作响，苦苦呻吟，就跟从前一样，只是过去他常常习惯于听到妈妈的鼻息和来自走廊那头的叹息声。爸爸去世之后，妈妈仍在世的这两年多，他唯一真正感到安慰的时刻来自一些夜晚，他先于她躺到床上后，她在楼下躁动不安地忙来忙去，压低声音暗自祈祷（还是在对爸爸讲话？）：老房子把她的动静传入他的耳朵，他迷迷糊糊中知道至少她就在那里，至少她可能最终会缓过来，重新开怀大笑，家长里短，唠叨个没完。现在，每一声老鼠般的吱吱叫变成了靴子间的皮革摩擦声，仿佛有人拖着脚步沿走廊朝他的房间走来；每一声叮当、咚咚或轻微的当啷都变成敌人武装自己的声音，或者是恶魔在做准备工作，就等着从口部吸走他的生命，将他的灵魂一并送往地狱。他常常从这些想法过渡到去思考板条屋里的横梁，以及挂在后厨钩子上的绳索。希望在天堂与爸爸妈妈团聚能是多大·桩罪？为什么上帝要让他在空洞的痛苦中苟延残喘？科特神父说，上帝为我所有人制订了计划。感谢上帝的伟大计划。

早晨起床，吃燕麦和面包，去村里工作，在面包坊用午餐，回家从尤金·彭罗斯身边走过，他的猴崽子们开始原形毕露，然后热一热晚餐，看电视，上床。漫漫长夜，他要压抑住头脑中的黑暗思想才能入睡。周末越发糟糕。过去他热爱周末。星期六，他和爸爸会外出干一整天的活。夏天的大多数星期天，他们会去看比赛，冬季就去电影院，或在家看电影，或看电视播放的足球比赛。炉火总是熊熊燃烧。妈妈总在星期天制作一份美味酱料，星期六则用来烘焙，因此会有各式甜点。如今星期六是用来睡到中午的，他从噩梦中惊醒，面对一栋冰冷、死寂的房子，然后努力学习洗衣服，上村里买汉堡和薯条，盼着当天晚上4频道播放黄色电影。星期天则去做晨间弥撒，坐在那里时满脑子充塞着亵渎上帝的想法和自己不同寻常的计划，然后跟昂桑克一家共进午餐，因笨拙的自己介入他们舒适的安息日，一次更比一次感到内疚，认为是自己破坏了他们的殷勤。任何一个晚上，特瑞莎姨妈都可能不打招呼就拖着害羞的诺妮和她阴沉、无聊的丈夫弗兰克来访，告诉他必须开始规划前程，整理房屋。他们现在上楼去整理莎拉的遗物好不好，他被迫结结巴巴、含糊不清地阻止他们，因为如果让乌鸦啄食你家死狗的眼球，你就再也无法欺骗自己它只不过是在熟睡。

妈妈去世后是昂桑克一家、他的姨妈们，还有一小群长舌妇料理的后事。他们与验尸官打交道，在电话里冲人大吼，想要知道为什么扣下尸体迟迟不放，并温柔地对他解释当有人死在家里，没有医生在场时，手续会慢一点。他们把房屋上上下下打扫干净，又是烘焙，又是制作三明治，还买来酒水，指挥殡葬人员，最后给约翰斯穿好西装，戴上领带，还为他擦亮皮鞋。他们想出一切开销的支付办法；有个文件夹，夹着一叠纸张和银行存折，还有楼上小隔间里存放在一个盒子里的文件，过去爸爸曾在那隔间里骂骂咧咧地研究账户，眼镜顺着鼻梁滑下。他们整理好那堆文件，向约翰斯作出说明，但这番解释从他的左耳进右耳出，在耳道里畅通无阻地走了个过场。

他不得不在上帝才知道的某份相关文件上签了几次名，用他最漂亮的书写笔迹：前倾的连笔字。他们说没人可以独自张罗这些事，一个人需要时间消化这场变故，短时间里失去双亲，这份悲伤太过沉重。但他们的真正心声却是：瞧瞧你这小白痴，快走开，让我们继续忙正事，体面地埋葬你的妈妈，帮你料理她的后事，好吗？真是好小伙。现在快上楼待着去，说几句祷告，或者振作起来，或者做任何低能儿在自己卧室范围内会做的该死的事。

有时候，那些友善的人就是会让你感觉自己有点"没救了"，这不是一件**坏**事。他们并非出于故意，但却能从行为上一眼看穿。他们会冲你哀伤地笑笑，点点头，然后挪开眼睛，又冲别的什么人哀伤地讪笑，似乎在说，啊，没错，可怜的**小东西**，他搞不清楚状况，也无力顾好自己，可谓毫无意识。不过，昂桑克一家不一样。他们肯定不会这样。他们让你觉得，允许他们从旁协助，倒是**你**在帮**他们**的忙。科特神父也是，不过无差别对待所有人是他与上帝的契约。人们大多希望自己的好意相助将换来回报，如果只是无私地自我奉献，也希望这付出可以让床榻变得柔软些，或者入睡更轻松些，或者当死之将至时，天堂的大门能敞开得更快。父母去世时，约翰斯从聚到他周围叽叽喳喳、絮絮叨叨的 ICA 长舌妇、姨妈和几个贵妇躲躲闪闪的目光里瞧见了这种心思。他宁愿她们隔岸观火，而不是闯进他的房间，举止之间仿佛她们在非洲救济饿昏了的黑人小宝宝。

既然妈妈现在再也不会为他心痛，那他利用板条屋的绳索与横梁实施的计划不是理所应当该付诸行动了吗？以上帝的名义，他这个笨重的家伙，这个没有一句怨言就将爸爸的土地让渡给卑鄙邻居的家伙，这个只要与人对话脸蛋就会烧得滚烫，反正也与人无话可说的家伙，因为他从没在缺少父母的陪伴时去过任何地方，这个从未亲吻过姑娘，也没在恶霸面前坚持立场，也没把汽车开出院子大门的家伙，他的人生有何意义？

他已经将爸爸的旧绳索从后厨取来，绕过横梁，自己爬到围栏的顶木上，将绳索在大梁上系紧。他打了个西部片里的活扣，并试了一下，看拉扯后绳套会不会收紧，因为他的头部将穿过绳套，猛地下坠。他认为高度正好，这样在他从围栏落下后，脖子会因下坠力折断，双脚无法触地。不过必须有人来发现他。很可能会是昂桑克先生。约翰斯受不了那样伤他们的心。他自己肯定有六十七八岁，她自己也差不多。他们还能再活十年？二十年？每天穿着污秽的靴子踏进他们的面包坊搜寻午餐，走进厨房将肥屁股砰的一声砸到座位上，口水溅满餐桌，他这样难道不是在折磨这些好心人吗？他现在更是变本加厉到晚上和星期天中午也来自行取用慈善餐，给他们的苦差事火上浇油。村里每个人都知道他是个肥胖傻蛋，他打曲棍球从来都上不了手，女孩们似乎对他心生同情，也会在男孩们笑话他时加入其中。科特神父反复提及的这些伟大计划肯定在哪里出了差错。这是理所当然的，因为宇宙这么大，上帝允许自己在这儿或那儿犯点小错。不太可能会有一支天使代表团猛捶上帝的门，高声嚷道：嘿，上帝，你忘了给约翰斯·坎利夫的存在一个合理的缘由，他在下界像白痴一样抓挠着屁股，等待一个不去自裁的理由！

很快就到夏天了。昂桑克家通常会去千里之外的地方待上几周，比如斯莱戈郡[1]，或者某个古怪的郡，旅途

1 位于爱尔兰岛西北海岸。

结尾会去见一个娶了大小姐的侄子，他家有豪宅和一堆孩子。他们留基蒂·韦兰或者布赖迪·马克照看面包坊。这样约翰斯午餐时就能放松心情，暂享珍贵时刻。这段时间，他的孤独可谓**纯粹**。也就是彻底、完全的意思。

还没到夏天，他就会崩溃。处理各种情况所需要的语言，复杂的组织能力，远超力之所及，**同时又**孤寂难耐，他该怎么应付？也许昂桑克一家休假的这段时间他也应该放大假，向合作社请个假，然后关上大门，锁好屋子，拉上百叶窗和窗帘，暗示自己也出远门了？让派基·柯林斯和他的势利亲戚们认为他正跟来自城里的一个姑娘打得火热，两人一起去国外晒太阳了。或者是去**滑雪胜地**！想象一下，距他家不到两英里就有一个跟他同龄的小伙子真的干过这种事！带着姑娘坐飞机去迷人的遥远国度的滑雪胜地，从雪山俯冲而下，喝外国名字的洋酒，整晚骑在姑娘身上，订完婚回家等着结婚。所有人都说棒极了，说他俩珠联璧合。他的同班同学里就有这样的家伙。难以置信。

约翰斯想知道有没有从尘世清清白白脱身的办法：某

天突然消失无踪，没人对此大惊小怪，也不给人家添麻烦。有个来自戈塔伯格的小了几年前跑去澳大利亚断了音讯，肯定就是那么回事。大家能怎么办？翻开澳大利亚的每一块石头寻找他吗？澳大利亚大得很，是一片**大陆**。

还是那个小子，小学时与约翰斯在一个班上。有一回，他们去拉赫齐[1]进行学校旅行。那时大家还都是好朋友。尤金·彭罗斯还没决定要跟全世界唱反调，更加没专门针对约翰斯。那个戈塔伯格小子，名叫米基·肯尼迪，跟其他人一起去海里游玩。大伙都在浅水区嬉笑打闹，互相打水仗，扔泥巴，见到水母便尖叫着跑开，但肯尼迪却开始游泳，径直游离海岸。来沙滩前的路上，老师们定下严格的规矩，要求所有学生只能在老师附近活动，游泳也只能沿着海岸。**沿着海岸游！你们这些小无赖**。

但肯尼迪笔直地向海里游去，女老师注意到时为时已晚，只得向**正拿**一只水母追逐着男孩们的男老师尖声求救。男老师扔下水母，大吼着让肯尼迪**马上**掉头回来。这时肯尼迪已经成了一个小黑点。他的两条胳膊已

---

1 爱尔兰克莱尔郡的一个海边度假胜地。

经看不见了，但可以肯定，它们仍在努力划动，因为他向着地平线越游越远，就快融入太阳了。所有人不再瞎胡闹，安安静静站在那里手搭凉棚眺望金灿灿的地平线，视线紧跟米基·肯尼迪的小小身影。唯一的声源来自男老师，他咆哮着让他游回来，游回来，看在上帝的分上。接着一位救生员冲了出去，差一点撞倒男老师，女老师双手蒙面，不断念叨仁慈的耶稣啊。事后，约翰斯听另一个救生员说，这次幸好是西恩当班，他是青年游泳冠军，那个男孩游太远了，要是换作其他人在那儿，此次营救可能不会如此成功。

救生员西恩游回浅水区，涉水往海岸边走，肯尼迪就躺在他斑痕点点的宽厚臂弯里。他将肯尼迪扔到沙滩上。肯尼迪躺在那儿哭泣。男老师问他干这种蠢事是**他妈的**什么意思。肯尼迪只是说，我不知道，先生，然后接着哭，接着咳。全班围着他站了一圈，气氛尴尬，他们盯着他看，既被男老师的**他妈的**震惊到，也被肯尼迪差点死掉吓得不轻。随后女老师将一块毛巾披在他瘦弱的肩上，拥抱他，亲吻他，并且告诉他没事了。那时不止一个男孩宁愿**他们才**是那个向着地平线划水的人。

十年之后，还是那个男孩，来自戈塔伯格的米基·

肯尼迪，飞往澳大利亚后失联，从此没有人再见过他。

时间的流逝是一点一滴的。光阴从未真的飞逝过。只有当你支持的那支球队在比赛最后几分钟还落后一分时，时间才会飞一般地遁走。如果是领先一分，感觉就正好相反。学校里有个城里小孩曾告诉他，如果你将一个人捆缚住，让他动弹不得，然后将水一滴一滴滴到他头顶，最后他会吓得发疯，每一滴水他都感觉像一记锤击。中国人古时候就这么对付他们的敌人。那时候约翰斯对此还将信将疑，现在却坚信不疑。他感觉壁柜上方挂钟的滴答滴答就像水滴淋到他头上，有时候你必须要自欺欺人，让大脑不去注意滴答声，否则小小的水滴会变成锤击，让你落得跟某个中国男子同样的下场。如果你在院子里朝墙面击打**曲棍球**[1]，可以假装自己是一九八九年射门得分的尼克·英格里西[2]。如果你开着妈妈的老福特嘉年华在院子里哼哧哼哧地遛弯，可以假装自己正驾驶锃亮的福特野马跑车穿越美国。你可以幻想自

---

1 原文 sliotar 是爱尔兰曲棍球运动中使用的皮质硬球。

2 尼克·英格里西（1962— ），爱尔兰曲棍球传奇运动员，在一九八九年九月三日代表蒂珀雷里队对战安特里姆队的比赛中，获得个人最高得分，这场比赛也成为经典赛事。

已是秘密特工、潜伏的卧底，化装成神秘的年轻单身汉，离群索居，等待总部的进一步指示。

如果你觉得实在寂寞，比方说，正呆坐在厨房里，你可以让思绪穿门而出，信马由缰地神游天外。如若思绪偏航太远，它将开始指认出你本该掩饰起来，或者藏进黑暗空间的东西。如今爸爸**和**妈妈都不在了，它将开始计算你独处的时间，以及直到你寿终正寝之年将要独处的时长。上帝会让你活至古稀，甚至更长寿。爸爸根本没有活到岁数。可怜的德怀尔和克兰西家的小子也过早凋零。它提醒你过去妈妈在世时，生活似乎不过是暂缓了脚步，仿佛只要雨过天晴，一切会重新步入正轨。但现在生活似乎彻底停滞了。昂桑克一家送来午餐与晚饭的次数越来越多，你一次也没自掏过腰包，唯一伸手进口袋的例外是去偷偷给蛋蛋抓痒。这样的生活还会提醒你与同龄人的差距，根本无法望其项背：你没有女人，也绝无希望娶上一个；你仅有的朋友是两个上年纪的人，还是你从上一代继承来的友谊；自孩提时起，你就被一个叫作尤金·彭罗斯的小浑蛋欺负；你穿过村庄往家走的路上，没有哪一次不是怕他怕得快尿裤子。这些想法还会提醒你，你没有能力进行正常对话。反正也没人愿意跟你说话。有些人之所以跟你说话，不过是因为他们觉得自己不得不这么做。它提醒你，你是个废人，一个痴呆的孤儿。它让你觉得河里的深水潭或板条屋里的横梁，仿佛是可以让人脱离生存的悲惨折磨的甜蜜救赎。

你的思想能与身体分离。约翰斯开始认知到这一点。一不小心，你就要像疯子般在院子里追着思想狂奔。它很容易摆脱你的控制，飞向自己的道路。有几个他坐着看电视的夜晚，会突然回过神来发现自己一直坐着没动，周围布满空虚，他既没睡着也非清醒，记不得电视上放过什么，有一次他的下巴上垂挂着长长的泪之细流。

过去从超市回家的路上，爸爸经常跟他讲当天遇到的几个老男孩的事。他们孤身住在真正的偏远山区，小屋建在山腰上，一年到头也不见访客。他们脚上穿着破洞的惠灵顿靴，踩在齐膝深的秽物里，常年灰头土脸，一条内裤对付所有工作日，另一条对付星期天，工作日的内裤硬得可以自己褪下来，沿小路逃跑。他们给畜群里的每一头畜生起名字，对它们宠爱有加。许多没结过婚的小农场主就是这么生活的。有时候会有一对老兄弟耕种同一片土地，他们住在坍圮的破屋子里，仿佛豆荚里的两粒臭豆。也有从未婚嫁的老姑娘像妻子那样照顾她的单身汉兄弟，当然不包括**所有**方面。不过怪事也有，他无意中听到过这类事。

有一天在合作社里，他刚被派基任命为**首席助理**不久，就听一个红色大饼脸的女士在跟两个男士说话，他俩听得津津有味，躬起身将毛茸茸的耳朵凑近她不断开合的嘴巴。她似乎在说有警察逮到一个叫弗姆雷的人，他来自某个离约翰斯家农场和房屋很遥远的、他听都没听过的古怪偏远教区。他的孩子被**安置起来**。根据红脸女子的说法，这家人见他被抓走毫不觉得可惜。他老婆早几年就去世了，育有一女两男。她怀孕快生了，就是那个女儿，刚满十六岁。这个父亲既非她的生父，也与其中一个儿子没有血缘。这个叫弗姆雷的男人就拿起一根绳子和一个扫帚把来解决这个小麻烦。女孩的内脏被折磨得稀碎，伤口很快感染，血液被污染，警察赶到的时候，女孩奄奄一息。婴儿在化粪池边被找到，裹在一条床单里。警察之所以被叫来，是因为这名男子完事后喝了威士忌，开始耍酒疯，胡乱开枪，他最小的儿子躲到邻居家里，是邻居向警方求助的。

这就是约翰斯听到的只言片语。将碎片拼成让人听得懂的故事几乎不可能。他们都对她下手了吗？包括那个上帝指派来保护她远离伤害的父亲和她的两个兄弟？那天剩余的时间里，那名女孩的遭遇沉沉地压在他的心头。以至于最后他越想越感到一种空虚，肠胃难受，头脑晕乎乎，他不得不在一堆肥料袋上坐下，在派基注意到他之前收拾好心情。想想看，那根锯齿状的破扫帚把进入她的身体，刺穿未出生的小婴儿，然后猛地将血淋淋的小尸体扯出来，带入这个世界。

生出来的很可能是个怪物，红脸女子说。一个**怪物**？拥有纯净无瑕的灵魂的小婴儿怎么可能是怪物？不过约翰斯脑子里想着与此相关的事，关于父亲、女儿、兄弟、姐妹互相性交。这被叫作**乱伦**。如果他们弄出了孩子，还可能会是个痴呆的怪胎，或者长着两颗头，甚至更糟。可是亚当和夏娃的子女们肯定做过这种事，才能让人类种族得以壮大。大洪水期间，这种事肯定再次发生，因为只有诺亚和他的家人幸存。还是说上帝允许诺亚的儿媳妇们也幸免于难？即使那样也存在表兄妹之间的性交。约翰斯听说有人将其作为更严重的残疾或痴呆病例的成因：操蛋，当然了，他父母不就是表兄妹吗？

约翰斯知道，一个孤独的人不一定非得是孤身一人。合作社里，人们经常抓起他的手摇几下，然后紧握在手里，站在那里回忆他的双亲。在此期间，他会面红耳赤，另一只手不知道该往哪儿放。就算面前确实站着一个人，捏住你的手，同你说话，你也会感觉孤独。几天来，这样的人似乎可以列一条**长队**。他们有些已经出席过葬礼，但认为最好再来跟他握握手，告诉他葬礼后自己难受了好一阵，他可以随时打电话联系，任何时候都没问题，他们**常年**在家，家门**常年**为他敞开。他倒想看看如果他真的踱进门来他们脸上会挂一个什么表情。你好！我应邀前来！现在我要吃晚餐了，餐后要一块水果馅饼和几罐司陶特啤酒，或许还要跟那边那位年轻女士亲热一下，那位是你**女儿**吗，耶稣，她真是女大十八变呀，我会再来的！呀呼！

其实他只要踏入他们院子半步，他们就会歇斯底里，怒不可遏。为什么人们会到处去说一些违背本意的话？

有个叫作奎格雷的老伙计过去住在大路那头，沿小桥向下，越过水坝，去往黑人新教徒夏尔斯家的种马农场的路上。夏尔斯家**祖业**雄厚。这个老伙计有几块薄田插进了夏尔斯家的大牧场的围墙里。这人长相凶悍，虬结的毛发从头颅一侧以及鸭舌帽下张牙舞爪地支棱出来。他常年穿一件用捆绳扎紧的厚大衣，脚上的惠灵顿靴裹着一层他院子里随处可见的黏稠发酵物。爸爸过去故意惹恼那些新教徒时，曾说那些叫作天主教的香屎。约翰斯年龄尚幼时，那个奎格雷家的男人总是骑车从他们家大门口经过，他总是快活地挥手，一路骑到克隆恩弗宁。无论下雨、冰雹、日晒还是风暴，他每晚不间断地骑这么一趟。他踩着自己那辆吱吱嘎嘎的生锈自行车骑行数英里，然后再辛苦地踩几英里回家，为的是去拜访一位年老体衰的舅舅，老人在补助金的帮助下住在那里的一个养老院里。他坐在舅舅旁边，聊聊天，喝一点白兰地，照顾老人家就寝，确保老人舒舒服服的。爸爸说他这么做不过是为了让老舅舅死后将一切留给他。结果骑了几千英里的路，历经苦雨凄风后，那个男人死在了他舅舅前头。那老不死的挺得比他久。

　　爸爸总说那个男人那么做是出于**贪财**，过去约翰斯深以为然，因为爸爸说的肯定是真的。可现在约翰斯无法肯定了。也许他那么做是想夜里找一个温暖的地方坐一坐，见一见熟悉的人，安静、舒适地待在一旁。可能他明白这比一间农场或者一大堆沾满其他人脏手印的二手钞票有价值得多。

四月

四月初，爸爸总是让牛群待在板条屋外面。它们以为自己会被挤奶，便傻傻地在挤奶房门口站成一列。接着爸爸妈妈和约翰斯就将它们往狭长地带驱赶。它们瞪着惊愕的大眼睛，仿佛在说，你确定？我们**真的**能去那边？妈妈会说，瞧瞧这头老傻瓜，快走啊你这老东西。他们仨看着一根勇敢的老油条慢吞吞走向草坪，其余的牛从它身上汲取了力量，也一路跟上。弗里斯奶牛是一种温顺的动物。爸爸说，如果它们是奥迪A3三厢豪华轿车，它们能为了抵达草场不惜从你身上碾过去，将该死的墙壁撞烂！

德莫特·麦克德莫特四月初上屋里来了一趟。那是一个星期一的傍晚，约翰斯将他领进厨房。你从正面的门廊进来，步入大厅，左转就进入厨房，右转就是客厅，所谓的起居室。决不能让这个卷发浑蛋拿污秽的靴子践踏妈妈的起居室。这是妈妈呵护多年的房间，总收拾得一丝不苟以防有人来访。他可能会暗地里嘲笑靠垫的粉色配色和褶边，还有妈妈装饰在沙发和座椅靠背上的蕾丝镶边。墙上最为醒目的是爸爸妈妈和约翰斯的全家福，挂在壁炉正上方。那是约翰斯还是个小不点时，由城里一位**专业**摄影师拍摄的，他梳着大背头，穿着最好的一身衣裳。德莫特·麦克德莫特向他显赫的朋友们描绘屋子内部时，可能会乐不可支。不过爸爸妈妈去世时，这伙人大概早就把这地方摸了个底朝天。那一大群潮水般涌进涌出，来安慰和哀悼的人里肯定也有他们。约翰斯记不太清，这两段日子宛若梦境，醒来时只有模糊的印象。

他被牵扯进了哪种交易？需要他作决定？授权？谈一谈土地租赁，或者同意某项权利？还是爸爸或帕迪·鲁尔克甚至妈妈挥挥手、交代几句就能解决的成人事务？他们过去以这种方式交谈时，这位不习惯的听众会走开，并认为他们没说太多内容，但这样简短的对话中没有一句是废话，每个词都包含丰富的意义。德莫特·麦克德莫特从没有对约翰斯使用**坏**字眼——他跟约翰斯压根没有说过几句话——但他从不拿正眼瞧你，或者跟你讲话时会左顾右盼，就好像你不值得他的关注，于是他就去欣赏周围的乡间风光，直到你自行离开，不再侵占他的宝贵时间。不过他至少不会说什么打电话联系，大门常打开，以及其他类似的谎言。只不过人们在说这些屁话时以为自己是真心实意的。

战争时期，军官吹响冲锋哨后，小伙子们在不得不翻越战壕冲向敌军时肯定也是这样的心情。他现在对一场**对话**产生了如出一辙的惊惧。一想到要跟路边的某个同龄人交谈，就好像是要冲向一帮拿机枪向你扫射的德国疯子！试想一下吧。他肯定会因为懦弱挨枪子儿。也许逃跑，乱射一气，躲闪着别被炸成碎片，会比交谈更容易些。可以肯定的是，这没那么复杂。倘若侥幸生还，你当天晚上大概不会睁着眼躺在那里，想着自己穿越那片铁丝网时看起来是否像个呆瓜？其他士兵是否都在笑话我？

德莫特·麦克德莫特想知道他能否买下那块地。

这让约翰斯始料不及。他张大嘴巴立在原地，像个纯傻逼一样盯着德莫特·麦克德莫特，但脑子里却有词句不断蹦跳出来，仿佛乐透奖里的号码球。德莫特·麦克德莫特告诉他说他们的牛奶供给量马上就要翻番了，他们要确保土地没问题。他为何不能叫他滚去吃屎，因为没人可以买下他爸爸的土地？结果他跟德莫特·麦克德莫特说，他不知道，他得问问。他得**问问**！他居然说出这个词，难以置信。你去找谁问？德莫特·麦克德莫特的双眼左右扫射，浓密的眉毛蹙成一团，仿佛在搜寻这个提供土地问题咨询的幽灵。或许爸爸妈妈的幽灵会从壁炉现身，并说道，去院子里吧，儿子，我们来处理这桩小事。死掉的他们可能要比活蹦乱跳的他更会处理这个。

癌症为何不能自生自灭，别捎带上爸爸？妈妈为何不能在失去他后多撑一会儿？一个男孩被抛入绝境，没人为他做饭，铺床，他不得不跟卑鄙的邻居就土地问题打交道，诸如此类，说起来不是特别恐怖吗？上帝会觉得惊骇，这是肯定的。他听见自己说出的每一个单词的回响，听得一清二楚，回荡在迟钝的脑袋里，这让他想要干脆熄灭灯光，蒙住头，再也不露面了。**我得问问。**噢，妈妈。噢，上帝啊。

毫无防备时，一场从天而降的对话会将你掏空。你必须让相关想法自来自去。没必要逼迫自己去想或者不想。尝试迅速找出解决办法可能会伤及你自己。他绝不卖地。况且这也不是他个人的土地，在遥远的伦敦摔落后殒命的叔叔迈克尔、祖父、爸爸、参加 IRS 的伯祖父们——约翰斯知道，他们依旧徘徊在这片土地，留意着一切。真难以置信，他成了这条血脉的终点。他们会被气得吐血。卖掉土地就是压断最后一根稻草。你会摊上个败家的声名，但由于是个傻瓜，身心又不健全，不会被追究。售卖掉他们的土地，余生呆坐着看电视，没土地没朋友，那他就成了最大的恶人。

约翰斯环视厨房，虽然算不上一尘不染，但他打扫得还算不赖。德莫特·麦克德莫特总不能到他恶毒的老母亲那里说这里像个猪圈，他也并非不能自理。不过想象一下，想象他是个坏家伙，将家当变卖一空。想象他可以买些什么东西吧！妈妈银行账户里的钱如今归他所有，那是爸爸去世时获得的保险金。妈妈多年来在村子的信用合作社里积攒了一大笔钱，现在也归了他。这件事是一个姨妈告诉他的，她还教他在需要时如何提取。但他要来做什么呢？与金钱、事务等等相关的东西都安全地锁在爸爸的小隔间里，在他的大脑腾出空间来处理这些事之前，它们都会待在那里。总而言之，你没办法出售不属于自己的东西，这片土地永远不会真的归他所有。他能生活于其上，漫步于其间，年复一年帮忙耕耘，或至少跟在爸爸身后，竭力不去添乱子，但他不像爸爸那样**拥有**这片土地。如果他为了钱让坎利夫家的土地旁落他人之手，他就是一个败家子，一个不识好歹的东西。

爸爸谈到钱时，那口吻总仿佛那不过是无足轻重的小事，只消利用零星的时间留意一下。妈妈责备他的这种态度——这叫**懒狗**。你不会见到麦克德莫特家，或弗林家、克里默家对他们的财产不上心。或者村里的格罗根家，他们拥有杂货店、邮局、布店、五金店、殡葬馆、酒吧、客栈、车库、一片农场以及继承来的另外三四片，却用强盗逻辑榨干妈妈的辛苦钱（大伙都**心知肚明**！）。赫伯特·格罗根不点头，爱尔兰银行董事会就屁都不敢放，他往他们的账户里塞了大把钞票，每次贿赂时都声称这是**花销**，这样那帮傻蛋就会继续投票让他留在郡议会。你难道会有哪怕一秒钟以为赫伯特·格罗根一个月干的活能有你爸爸一天干的多？他却自以为如此！不过区别在于他魅力无穷，一张嘴可以说得天花乱坠。

为什么，妈妈寻根究底，一个勤劳的男人只能从工作中存下了这么一点钱？爸爸过去不光种地，还砌过砖。那些建筑老手给什么活他就干什么活，从不讨价还价，也不想着涨工资。为疼痛的腰背，眉梢的汗水争取应有的报酬难道就失去男子气概了吗？他向约翰斯展示过如何砌砖，但他不是**熟手**。只有技术炉火纯青的人，才能在那一行崭露头角。铅垂线必须直，拿砌砖刀的手要稳，眼要看准，才能放好砖块。约翰斯一只手拿砖没问题，但他没法同时糊水泥。要么他将水泥糊上，但同时另一只手就干不成其他活了。结果爸爸从他手里取下砌砖刀和砖块，告诉他别干了，去收拾干净，他们准备撤了。如果约翰斯像往常那样回头看，会发现爸爸在摇头。

妈妈总告诉他要对自己的工作上心，工作是你的坚强后盾。她说，有工作的人才能获得新工作。倘若你没有当农民或者做专业人员的**天资**，就得守时，尽职，勤劳，充分利用自身条件。约翰斯的自身条件是什么？一颗愚笨的大脑袋，黑暗思想交织其中，尽想着他有多么厌恶独居尘世；还有一双大手，除了扛肥料袋、马铃薯袋一无所长；还有懦弱的、破碎的心脏。你要如何放下这一切，回归理性、幸福、宁静的生活？当你无时无刻不在惧怕老狗派基的下一声吠叫，或尤金·彭罗斯的下一次调侃、推搡、贬低或踢打时，你的大脑要如何保持平静？当你家族里的男人们面对恶魔都临危不乱，而你却连面对一个气呼呼的老傻子或者傻笑的瘪三的勇气都没有，怎么能称得上是一个男人？

　　第二天狂风呼啸。之前几日的和煦清风被能刮掉你一层皮的疾风所替代，大门周围的高墙上，风声劈啪作响，使出全力将他往屋里推。没人跟这阵风说一声，嘿，冷静下来，快到夏天了。他往村里去，全程都在与风对抗，等他抵达加油站时，天空开了个豁口，冰雨倾盆而下，打在他身上。他的夹克外套自然是不带兜帽的。如果你并非女人或年事已高，就不能让别人看见你撑伞。如果他撑把伞在街上疾走，肯定会被人一把夺下，因表现娘炮而挨揍。

看他浑身冰冷，湿成落汤鸡，派基乐不可支。他大笑着摇头，仿佛在说再也没有比淋雨的傻胖子更绝的了，然后叫他站到汀普莱斯电壁炉跟前去。在烘干方面，汀普莱斯算不上高效：合作社就像一个潮湿的巨大岩洞，那台汀普莱斯已经旧了，疲了，大概也像约翰斯一样厌恶派基的辱骂。还没等暖风吹到他湿透的两条腿，派基就厌倦了自己的慈悲，派约翰斯上院子里干活。还好扔了一件雨披给他。约翰斯用雨披蒙住头，它的塑料材质让他觉得更冷了。

派基希望腾空院子来放运来的大宗货物。要想好好清理干净，需要干一整天甚至两天的活。别的地方有叉车，而派基的合作社有一头名叫约翰斯·坎利夫的大壮驴。货物将在四点运来，任务艰巨——四点是清空院子的死线。一排排货板需要一个一个搬到墙边；大量的麻袋，其中饲料袋上盖着的大帆布还得揭下来，这些全都得搬进屋，屋里也要腾出地方来；还有一排排的铲子、耙子，以及派基很久之前在某个叫菲加里的古怪地方买来的园艺工具，他曾指望人们会出城到这么远的一家小小的乡村合作社购买园艺工具。派基原本以为自己会引领潮流。就连约翰斯都看明白了，派基·柯林斯绝不会再登潮流之巅。也许他过去是个时髦人士，你家开合作社的话，也意味着你是个举足轻重的人物。

大批货物比预计晚了半小时才送来。也算幸运，因为当卡车轰隆隆从路上开来，吱吱呀呀停在院门外时，清理工作才刚刚结束。派基像是旧物拍卖会上的老太婆，转来转去，表现出不屑一顾的样子，但你能看到一圈红晕爬上他的后脖子，疯脑袋上的眼球比平时更加暴突。卡车满载着宽四寸厚两尺和宽四寸厚四尺的木材以及干净的厚木板。

新的一天午餐前，从两辆卡车上卸下来两个巨大的蓝色废料桶，卡车自带摆臂和铁索，用来将物品拾起和放下。这两个废料桶将用来盛放派基过去赶时髦时栽培过植物与鲜花的木架，连同其他所有搁在他院子里没有用的、不需要的、过时的废物。派基对待清理工作冷血无情，以至于约翰斯还以为他会叫自己也爬进桶去。派基竟然亲自拿起一把斧头去对付木架，结果刚砍几下，眼镜就滑落下来，他咒骂几声，吐了口唾沫，很快将工作服卷起的袖子放了下去，退回到收银台后面。

下一批货物是水泥砖头，由一个长得像雪貂的家伙将它们卸到院子里。这个人的卡车屁股上装有叉式升降机。他手脚麻利，将几货板的砖块沿墙边码放得一丝不苟。他让约翰斯紧张。这座院子和他自己都对这让人抓狂的响动感到不适应。派基不停在搓手。就连老板娘，他那个脸上毛发浓密的老婆，都跑来观看这一大批货物，它们现在已经码放好，就像几列灰白色的巨型外星士兵。老板娘看起来像只营养过剩的小猫咪。约翰斯能想象出她从胡须上舔奶油的模样。

接下来送来的是袋装水泥。水泥必须放在干燥处，否则很快会结块。约翰斯简直无法相信，这些麻袋竟然那么巨大，那么死沉。搬运完后，他的四肢都在酸痛。不过还好，他的背部还撑得住。派基有一次坚持要他看一部录像，关于如何不伤脊柱地搬运重物。你必须将全部重量放在腿上，让重物贴近你的身体。

那天，尤金·彭罗斯和救济金男孩们就埋伏在加油站。看起来他们有了新的大本营，还是靠近合作社，因此他们无须在黑夜里等他太久。这绝对是一份令人口干舌燥的工作，挺折磨人：他们都在喝罐装哈普啤酒。约翰斯想知道整天只知道喝罐装哈普会怎样。会是一段好时光吗？领救济肯定蛮有趣的，因为尤金和他的伙伴们总在开怀大笑。今天他们中有个新面孔。约翰斯看出他来自城里：他将运动长裤塞进了短袜。城里的小子们都这样。要是跟爸爸一起逛超市，你会见到他们成群结队在里面晃荡，所有人运动长裤的裤腿都扎进了短袜。也许这样，在被保安追逐时裤腿才不会挂到什么东西。

尤金·彭罗斯说，现在走来的是老舔穴·坎利夫，他有价值百万的大农场和一份了不起的工作，而整个该死的教区都在领救济。看到那家伙了，小子们？他身价百万，小子们，还每天来合作社给派基·柯林斯当小跟班！

城里小子比其他三人看起来更难缠。他也有张跟很多城里人一样的瘦削鼠脸，脖子上文有三只青色的鸟，正朝他的耳朵展翅高飞。他的头上擦破了皮。他盯着约翰斯，笑得很疯，像是一个孩童盯着动物园里他从未见过的动物。他瞧瞧新交的朋友们，确认他们眼里看到的是同一样东西；这是个看起来软弱好欺的农家胖小子，正快步走上大路，给他带些乐子来。

约翰斯不认为整个教区都在领救济。不少小伙子在做生意，很多在城里有工作，更多的人离开本地，成为都柏林和其他大城市的职场人士。只有一出校门就去了肉类加工厂的男孩们如今在领救济。爸爸说过，那种地方开不长。长期以来，你只能指望阿拉伯人消费这些牛肉，可早已有大把国家排起长龙将牛肉低价卖过去。

尤金·彭罗斯说，我想即使你有价值百万的农场，也还是要被派基·柯林斯肏。

他干吗老提这几百万？爸爸总说农场一钱不值。当然了，只有没干过农活的人才会宣称每一个农场主都是百万富翁，妈妈时常这么说。尤金·彭罗斯此刻就站在约翰斯面前，臭烘烘的气息喷到他脸上。约翰斯清楚看到他的双眼血丝密布，鼻息很重，潮湿的口鼻部微微颤抖，像一头年轻的公牛。约翰斯差点以为他会去用脚刨地。

尤金步步逼近，他俩的鼻尖即将贴到一块儿。约翰斯的两腿间传来熟悉的绵软感觉。德怀尔有次提到，这是男人保护睾丸的本能反应——那种软绵绵、汗毛倒竖的感觉源自蛋蛋向上退缩寻求保护，以躲避暴力伤害。因此，即使有人踢你一脚，你依然能够跟妻子行房，这样人类才得以幸存。几百万年前，男人们总是由于各种原因被打到蛋蛋，于是大自然试着解决这个问题，以防无法留下一枚能游动的精子。尤金·彭罗斯在说话：难道不是吗？哈？舔穴老农？

他面容扭曲，向后咧开的两片唇间牙齿毕现，眉毛倒竖成 V 字型，使他的眼神显得越发疯狂，全然一副恶狠狠的样子。为什么约翰斯非得首当其冲，面对这种恶意？

有些小子在面对像尤金·彭罗斯这种淌鼻水的大鼻子时会引臂挥拳，直击他的面门，动作疾如闪电，让失去知觉的他来不及知道自己被谁打了。他们或者直接用脑门撞向他的鼻子。有次约翰斯见到一个比他自己还年轻的小子，在一场曲棍球比赛上将图恩队一个队员的头盔扯下来，痛击他的脸部。约翰斯从来没法对谁踢上一脚，或给上一拳。总有什么东西阻止他这么做。可能是那过分的懦弱，它违背一切自然繁衍的本能，不知怎么潜入了他的灵魂里。懦弱具备什么力量吗？它能麻痹一个人的手脚，就算他的头脑告诉他要猛烈出击，懦弱的天性却让他畏缩不前，向内退缩，变成一只在车轮面前缩成一团瑟瑟发抖的刺猬。

尤金·彭罗斯说："瞧瞧你的怂样，蠢胖子。你到底在那座农场里干吗了？是不是每晚被不同的绵羊肏？"

城里小子起哄怪叫。对付这种事的诀窍，就是不断尝试走向他的左边或右边，他若推你，你就顶住这股推力，这样就能不断前进，最后，在上帝的帮助下，他会厌倦这个游戏，你就能摆脱他。不过他今天推得更使劲，第三下的时候，约翰斯被推翻在地。一口气从肺里冲出来。他的双腿不受控制，帮不上忙。他抬头看向大路，不见一个人影。他看向左边，救济金男孩们正把他们的易拉罐摆放到加油站的围墙上。他知道他们会将他一顿暴打。

他判断尤金·彭罗斯身边有两个人对这件事没有他们头头那么热衷，但出于对尤金的畏惧，他们只好硬着头皮继续。城里小子就是另一回事了。他的笑容从左耳朵咧到右耳朵，笑声尖锐刺耳，明显计划着要把他的一只脏球鞋踩在约翰斯身体的某个部位。他们男孩子把这种鞋叫作**帆布鞋**。他能做的只有蜷缩成一团，尽量护住头部。上一次遭遇类似情况还是在肉类加工厂刚倒闭的时候，那天尤金·彭罗斯对着他的肚子猛踢，使他久久不能呼吸。起身后他感觉虚弱，几乎再次跌下去，快到家之前，在他路边吐了一地。进屋后，妈妈说他脸白得像纸。他说自己不舒服，她帮他放洗澡水，给他煲了汤，还说如果他隔天早晨还难受，她就替他给派基·柯林斯打电话，请个病假。回忆起妈妈的温柔，他的心灵备受折磨。

童年时，约翰斯有一个夏天反复做着同一个梦。那正是鲍里斯·唐奈去世的那个夏天，他的锯木厂关门大吉，大门上了锁。鲍里斯总是让小孩子们心惊胆战。他并非有意为之，只不过因为他身材佝偻，手臂长得不自然，手背覆盖着厚厚的毛发，疯傻的笑容更让他的好意像是想要将你生吞活剥的欲望。有几晚，爸爸会待在他的卧室，有一次还将他轻轻从床里抱起来，沿走廊抱进他们的卧室里，妈妈亲亲他，把他塞到两人中间，就这么睡了一晚。虽然这样的事仅有一次，他却印象深刻。

在那个梦里，他从锯木厂大院高耸的实木大门前经过。大门一直由一把看起来坚不可摧的大挂锁紧锁着。门后传来一些声响，似乎有人正在里面使用巨大的电锯，但有点不对劲——他听到的声响仿佛是有人想要切割比木头**更湿润**的形状不规则的东西。紧接着金属切割的刺耳噪音变成一声人类的惊叫，与此同时，挂锁碎成两半，朝不同方向飞去，锯木厂大院的大门朝里打开，他被钉在了原地，站在那里动弹不得，一个佝偻的黑影从阴影中浮现，他见这黑影举起电锯，又将整个工作台从地面举了起来，尖叫的锯齿直逼他而来。他会惊醒过来，肺里没有一丝空气，被子滑落到地上，床单被汗水濡湿，睡衣又一次被尿液浸透。

约翰斯醒来时面前漆黑一片。他还倒在地上，感觉自己的一只手泡在水洼里，他闻到雨水的气味，以及其他什么潮湿污秽的东西，好似身边有一条落水狗。嘴里一股金属味。他依稀分辨出跳动的灯光，有人在说，没事了，伙计。嗓音轻柔。随后他感觉自己被抬起，接着是关门声。引擎发动，他失去意识。他又做了那个梦，这一次的黑影拥有城里小子的脸，他站在锯木厂大院里冲他怒吼，叫他**基佬**、**肥婊子**，就连尤金·彭罗斯也显得震惊不已，不再参与，说道："我肏，别管他了，走吧。"

他再次醒转过来，这次是在床上。不是他自己的床，床板更硬，身子两侧安有金属栏杆，摸起来冷冰冰。他闻到的仿佛是滴露混着屎的气味。他万分确信自己是睁着眼的，但眼前仍旧是一抹黑。一个年轻女人用柔和、令人宽心的声音说："你醒了吗？"她叫他**亲爱的**，并且告诉他："不用担心，会没事的，医生几分钟后就会过来。"她继续说了些话，但他听不懂。她咚咚咚走远了。

他花了几分钟理清头绪。显而易见，他进了医院。他清楚记得被尤金·彭罗斯打得一屁股坐到地上。有个跟尤金一起的城里小子，还有其他男孩，约翰斯记得城里小子骑到他身上，拳脚像雨点一样落在他身上。但他像是隔着磨砂玻璃目睹这一切的发生。他回忆起来，他当时以为这家伙要杀自己。他会登上报纸，展示的照片上有被黄色胶带围住的加油站，一个小个头**女警官**正在看守谋杀现场，有昂桑克一家留下的一束花，人们随机采访了几位村民，他们说："他从不动谁一根手指头，不与人来往，他的父母都是好人，这种事居然发生在我们这个宁静的村子，简直是骇人听闻！"

他只能看到几点忽明忽暗的光。他们肯定踢在他眼睛上了。你能把人的眼球从眼窝里踢出来吗？好像不太可能。不过妈妈老说，城里人什么事都干得出来。他想起来，那个鼠脸小子的球鞋每踢他一下，他就感觉头脑里有什么东西在爆炸。他本应该保护好自己。但他记得一种精神游离、下坠的感觉，肯定是在那之后，他的防御彻底失效。

他现在忧心忡忡：没有爸爸妈妈的照顾，他还彻彻底底失明了。他还有能力给爸爸的猎枪上子弹吗？他对自己的倒霉体质心知肚明，子弹会偏离他的废物大脑，把脸蛋轰掉半边，余生做一个瞎眼怪物，坐在椅子里等人排队上门来看他一眼吓唬自己。有些胆大的会靠近来戳一戳他。其他人只敢从指缝里瞅他——以女性居多。小孩子会哭着想要逃走，但他们父母非让他们看一眼，会说道："来，勇敢的话就来看看下面这个。他是妖怪，专吃勇敢的孩子。"他就坐在那里，什么也看不见，只留着一只独眼，里面是没用的眼球在疯狂转动。

既然爸爸熟识的邻居可以向魔鬼出卖灵魂，染指不属于他们的土地，那约翰斯为什么不能也那么干，从这张床上起身后变身为一个不同的人？他可以签订一个庄重的死亡协议，以他死后直堕地狱，永世在炎火中炙烤作为交换，让他成为另一个人，挣脱这懦夫的摇篮，重见光明，满身肌肉，就像那个有金发女伴的吸血鬼。他离开时会穿一身很酷的灰色套装，戴上太阳镜，在那个护士的屁股拍一下。所有人惊诧地站在那里，注视着这个帅气的英雄大步跨出医院，至少会有一个女人因为看他一眼而激动地晕倒。既然上帝遗弃了他，那为什么不换边站？魔鬼可能会给他一个更好的人生。

不过约翰斯所知道的魔鬼是这样的：他会许诺你整个世界，包括蓝天、草地，以及其中生长的一切；但给予你的除了折磨，别无他物。他不是跟我主基督玩过这个把戏吗？结果耶稣在沙漠里饥肠辘辘，饱受炙烤的折磨[1]。谎言是魔鬼的流通币。你不会撞见耶稣像那群魔鬼一样做交易。魔鬼们将想要的所有土地收归囊中，却没有属于自己的不朽灵魂，天堂的大门也将他们挡在外面。

嗓音甜美的护士又回来了，在耳边轻声说那位医生太忙，会在傍晚例行查房时来看他。现在是下午两点。据甜嗓姐说，他在眼科，运气糟透了。他可怜的一双眼睛时运不佳地分别挨了一下：一下是尤金和城里小子干

---

1 此典故出自《圣经》，耶稣在复活与升天之间的四十天里，在旷野接受魔鬼的试探。

的，另外两个野蛮人将他的左眼球打裂了。手术将左眼缝合上了，但另一只眼的视网膜被击打出正确的位置，同一场手术里，医生先将这颗眼球取出来修复，再重新塞了回去。不过之后的好几周它都不可能恢复正常。重点是他不会永久失明。这难道不是天大的好消息吗？他觉得确实如此。

还有一个重要消息，甜嗓姐说，他的右臂断成了两截，现在打着石膏，另有三根肋骨也断了，不过无需借助石膏模具就能自行愈合。他的双腿和背部有**大片淤青**。他被告知头部之前肿了起来，但大脑不曾受损（毫不惊讶，他差点脱口而出，那儿没什么可损伤的），现在肿胀几乎全消下去了，已经做过**猫咪**[1]**扫描**。听到这里，约翰斯又是云里雾里，向着词语聚成的海浪奋勇划水。

他有一个重要问题必须问，但如果会让那个甜美嗓音的拥有者感到困窘，他会感觉很糟。他要怎么上厕所呢？就当这个问题在他的盲眼前端浮现时，她不问自

---

1 原文 cat scan，cat 代表 computerized axial tomography scan，即电子计算机轴向断层造影扫描。

答，仿佛她能读懂他混乱的思想——一个**吃猫者**[1]插入了他的体内，将会用来清空他的膀胱。这地方到处是猫。既然她提到这茬，他的下面感觉有点不太对劲。他感觉自己的鸡鸡跟平时不大一样，它不太疼，也不是高潮。到底怎么啦？只要不是吃猫者在啃食就好。

那大便又怎么办？他躺在那里，希望她也能看到这个问题飘浮在空中。她真神了。甜嗓姐告诉他，当想要**肠道运动**时就跟她说，她会帮忙。上帝呐，到底这位甜嗓姐要怎么帮他**肠道运动**呢？他们就不能把这项可怕的职责委派给一个吃猫者吗？她握住他没坏的那只手，引导它往回收，再向上，摸到脑袋上方某个大的凸出之处，告诉他需要护士时按那个东西。她马上要下班了，不过总有人来照顾他。接着传来小推车哐当哐当的声音，一个操着城里人特有的婉转嗓音的人说："你好，亲爱的，你晚餐想要鸡肉、牛肉还是意面沙拉？"他说："牛肉，谢谢。"甜嗓姐说如果到时她还没走，可以给他喂饭。送餐车时常第一个来这个病房，因为离厨房近。约翰斯向靠不住的上帝祈祷，希望真能如此。如果他非

---

1 英语中 catheter（导尿管）与 cat eater（吃猫者）读音相似。

得像个遍体鳞伤的巨婴被人喂食，那至少也有甜嗓姐陪伴着倍感屈辱的他。

这副嗓音使人安心。你可以躺在那里只是聆听，便沉醉其中。即使它远在走廊那头，你都能分辨出这副嗓子，听着它接近，一路笑语，甜美的语音随意地投向这边、那边。在这个漫长四月的余下时光里，约翰斯是这么做的：他倾听甜嗓姐说话，等候眼睛复明。如同花园里的鲜花，突破黑暗，扑进阳光。

他就是鲜花。

五月

不管怎么说，五月总是美好的。你应该在五朔节[1]前夕往沟渠里洒圣水，以此来封锁土地边界，防御**恶魔**[2]入侵。并且向我们的圣母玛利亚祈福，望她保佑我们免除灾祸。爸爸的母亲就叫作五月，一位远近驰名的美人。她连石头都能逗笑。五月是爸爸最喜爱的月份。是因为他母亲是以它命名的吗？或许是因为五月高贵，美丽，花草的飘香使你的心房仿佛满胀得快要爆开。爸

---

1 五朔节是欧洲传统民间节日，时间为每年五月一日，用以祭祀树神、谷神等，并庆祝春天的来临。
2 原文 piseog，一个爱尔兰特有的指代超自然存在的词语，含义偏于黑暗。

十二月纪事

爸不是一个愿意剖析自己的人，因此他只说这是他最喜爱的季节，对此不再多言。

他病房外的走廊上有个五月花祭坛[1]。是甜嗓姐告诉他的。你真该**见一见**摆上它的那个人，看她为圣母玛利亚的双脚装饰上水仙花，仿佛在说我俩惺惺相惜！下一步她就会为自己找来一副光环。不自量力的荡妇！

当你别无选择，不得不做某些事时，做起来会容易得多。像是当着护士的面朝床上的便盆里拉屎。再或是被医生摆弄，检查，用听起来根本不像英语的古怪语言来谈论你的身体。想一想的话，似乎一直是这样。让事情发生在自己身上是很容易的，你只需要存在就好。让事情重现却很难。如同言语：听别人说很容易，从甜嗓姐嘴里说出来更像是夏日正午的 99 甜筒冰激凌，但让你自己组织语言却十分困难。可以肯定，听自己讲话一点儿也不享受，反倒只有苦涩，因为这会让你从中见识了自己的愚笨。

忠实的昂桑克一家几乎每天都来看望他。他自己围

---

1 五月花祭坛的传统是为了庆祝春的复苏，通常会在祭坛中设立一个圣母玛利亚塑像，周围装饰着漂亮的鲜花和花环。

着病床打转，她自己便告诉他坐下来。他喷着鼻息，似乎在生闷气。她叫约翰斯"可怜的小家伙"，他自己呼哧喘气，似乎在表示同意。一天，他不在，可能去了厕所还是商店或别的什么地方，她靠近约翰斯的脸说话，近得他都能闻到香水、面包和弥撒的气味。她说他自己不断提起这件事，你知道，就是你像那样挨了一顿揍。他这辈子还从没有为任何事这么烦心过。

约翰斯能做的只有点头。

她说你住院的当晚，他奋不顾身像头公牛冲上阿什敦路，拐进郊野别墅区，几乎是从彭罗斯家的前窗闯进去的。家里有四五个人，知道吧，但他怒不可遏，毫不畏惧，他咒骂，恐吓，诅咒他们每个人，并告诉小彭罗斯如果他还敢斜眼瞧你，他就完蛋了。但那群人只是嘲笑他。

绷带底下有点刺疼，是盐渗入了伤口。他自己回来了，她抽回身子。爬完台阶，他现在喘息得越发厉害。

约翰斯，你想吃特趣巧克力吗？

想，谢谢。

一根特趣很快下肚。

警察来过，这是理所当然的。甜嗓姐告诉他，一个穿衬衫打领带，蓄着胡须——至少是个**探长**——另一个是穿制服的干瘦小伙。这事发生在他刚刚苏醒之后。他们询问发生的事，他告诉他们自己记不太多，只知道推搡了一阵，他被掀翻在地，一个脖子上文有小鸟、他不认识的家伙似乎极端厌恶他。警察对此报以窃笑。他们告诉他别担心，等他视力恢复后他们会再来，这样他就能通过照片**正式指认**脖子上文鸟的男子。不过他已经被问过话，其他三个同伴也是一样。他们被明确告知不能离开本地。约翰斯告诉警官们，老实说他倒宁愿他们滚远些。他们又笑了。有那么几秒，约翰斯几乎自我感觉良好。

有位医生是眼科专家，几乎天天都来查看他绷带下面的情况，嘴里**嗯嗯呀呀**两声，然后就离开去忙自己的事。他听起来是个外国人。他被唤作**福斯提瓦**医生，或者**法斯提拔**医生，反正是这之类的怪名字。一天，甜嗓姐告诉约翰斯，她直接称呼他为冻蛋蛋[1]医生，这让约翰斯笑得前仰后合，感觉自己的吃猫者几乎要滑脱出来。一个活宝，爸爸会这么评价她。复明后他打算做什

1　冻蛋蛋（frostyballs）的英文发音与福斯提瓦（Fostiwaw）和法斯提拔（Fastibaw）相似。

么？等他视力恢复正常，也不用再担心肿胀的脑袋，受伤的肾脏，折断的胳膊时，他一定会找到生活的方向。他不可能装病一直留在病榻上，这是肯定的。而他冷清的老宅里也不会有甜嗓姐在房间里穿梭出入，令人如沐春风。

派基·柯林斯进病房视察病榻上的这位病人，约翰斯想象他将脸缩成一团，皱起鼻子，他的视线顺着鼻子往下看，就像有人盯着粘到鞋底的什么东西。他想知道约翰斯到底是怎么回事，在街上那样大打出手？约翰斯默而不答。他当场决定：约翰斯不能再踏入合作社大门半步。他已经对他的工作关照得够久了。这肯定就是作决定的窍门——不要预先思考，觉得怎么做让自己最舒服就怎么做。就像爸爸在集市上决定买下一头畜生，或者**急诊室**的医生决定跳上手术台，将手伸进一个小伙子的咽喉来挽救他的生命。

派基说他不得不雇个小伙子来搭把手，生意忙得人晕头转向。附近会有很多建设即将开工，合作社大院将成为建筑工人的某种**集结地**。他是个外国小伙。不妨跟你说，他现在成了一位好雇工。派基一定已经克服了他对外国人的强烈反感。约翰斯说，你可以一直留用他，派基，我不会再回来麻烦你了。说出这话的一瞬间，他有点不相信他真的这么说了；他听着这句话在大脑里回响，等待它落到脸上，就像他儿时在妈妈表亲结婚的酒店旁一道瀑布附近感受到的美好雾气。他开始以为自己根本没说这句话，但这时派基开口道：行吧！行，行，行，行，真他妈棒极了！哦，天哪，一点儿都不用你操心！我肯定是个蠢蛋，才会以为坎利夫大师会感激我在他伤病治愈后继续将职位向他开放！

当你看不到勇敢所带来的结果时，则更容易变得勇敢。如果不去看对方的眼睛，那你大概能更迅速给别人脸上来一拳。他听见派基后退了一步。他被**吓退**了。不仅是一种形容，而是事实。事后他会在合作社里当着所有倾听者的面数落约翰斯，给他贴上无赖、忘恩负义的标签，骂他就是个肿胀的脓包。但在内心，他会欢欣雀跃。你不需要付外国人那么多工资——这一点人人皆知。派基说了好几遍"行吧"，随后离开。

行吧，行吧。

祝你好运，老杂种。

特瑞莎姨妈每隔三四天来巡查一次，跟眼前的每个人大吵大闹。半数时间她会拉着丈夫一起来，其余时候会拉上可怜的老姑娘，胆小如鼠的诺妮阿姨。爸爸过去称弗兰克**那个可怜的浑球**，妈妈假装代替特瑞莎受到一番羞辱，尽管被骂的是自己，她也会报以微笑。爸爸说你必须在城里经营生意，城外有农场，才能让特瑞莎姨妈看得上你。没多少人够格让特瑞莎产生敬佩之情。就连我们的主自己也不过是做木工的，没有地产。要知道当他行走于尘世时，只有渔夫、妓女、麻风病患才是他的同伴。像约翰斯这类人及他的窘境，都是给可怜的特瑞莎设置的考验。约翰斯不过是遇上了再寻常不过的麻烦，却在她面前这般作秀，有这么一个侄子就是为她寥寥可数的陈年过失赎罪。上帝知道那些过失没什么值得详述的，曾犯下的罪孽如今还在和她作对，其中有些比其余的带给她更沉重的负担。我们能做的只有继续忍受且不要抱怨。

特瑞莎姨妈说他让大家伤心了。他们每个星期天都盼他来，但他常年跟昂桑克一家待在一起。做弥撒时，他很少注视他们！他是他们家乖巧的莎拉留下的唯一骨肉，**现在**瞧瞧他的样子！弗兰克叔叔和诺妮阿姨朝她嘘，可你没法让那人噤声。但是太闹心了，吵得人**忍无可忍**，不断唠叨什么心疼不已。有天晚上，她正在滔滔不绝地说约翰斯跟那些混子打架实在可怕，诸如此类，这时冻蛋蛋医生走进病房，她立刻像信仰新教的马[1]那样胡言乱语，那些马的嘴唇不能完全包住大门牙，偶尔被牵进合作社吃饲料。她说："哈啰啰，医易剩。"但老冻蛋蛋不过是像平时一样**嗯嗯呀呀**几声，就快步离开了。他没时间听爱尔兰疯婆子乱嚼舌根。特瑞莎姨妈说他在今日的印度是个高**种姓**。

我想也是，可怜的老弗兰克说。

病房里还有另一张床。这是间**半私用**房间。他参与了自愿医疗保险，但他竟一无所知。这项保险意味着你会获得特殊照顾，因为都柏林或者其他某个地方有一群人帮你支付了账单。你将获得最好的医疗。想想看：去世前，他妈妈仍然为他解决了后顾之忧。她不会愿意让他住在大病房里。你不知道会有什么嗜怪癖的人住里面，妈妈会这么说。

1　典故源自奥利弗·克伦威尔，他将那些在新教论战中一问三不知的新教徒们比作自己的马，"跟奥利弗·克伦威尔的马一样合格的新教徒"。

有一回，爸爸情况很糟，被紧急送医输血，之后他们用轮椅把他推进了一间住满患者的大病房，好让医生们密切留意他的情况。约翰斯和妈妈留下来陪床，害怕他在孤独中逝去。护士在他们周围拉上一挂塑料窗帘。除了这个大病房，其余房间都已满员。这里充斥着老人的刺鼻气味，屎尿的恶臭，以及试图拖延死亡脚步的可怕药水的怪味。药效作用下，爸爸对外界毫无反应，连眼球都一动不动。午夜过半，一个病患心血来潮，从自己的床上一跃而起，扯开他们的窗帘，立在那里盯着他们仨。他嘴里看不见一颗牙，头顶立着一簇白发，眼中闪着光，仿佛困于陷阱的格力犬，皱巴巴的老鸡巴在睡衣底下若隐若现。妈妈从椅子上一蹦而起，伸手要抓这个老流氓，可他往边上一跨避开她，从爸爸的病床与墙面的夹缝间溜走了，接下来他好像要袭击爸爸的脸，妈妈想把他拉开，一名护士和一位老人跑进来将他押回他自己的病床，最后将他绑在床上。整个过程中，约翰斯像个低能儿一样坐在那里，目瞪口呆。

你可真能帮忙，妈妈说。

原来这老伙计因为想喝一杯想疯了，他没有哪一天不喝几大杯世涛啤酒，可能还要再续上一两杯威士忌。

十二月纪事

要是这人五十年来一直这么不间断地喝，确实会馋酒馋到精神错乱。

　　不同的室友一个一个被轮椅推进来，安置到约翰斯**半私用**病房的另一张床上。感谢上帝，他们没有像袭击爸爸的老酒鬼那样袭击他。他看不见他们；只有冻蛋蛋医生晚上来揭开他的绷带，发出几声**嗯嗯呀呀**时，他才有几秒模糊的视力。在这几秒当中，你只能辨识出一对棕色的眼睛和一只鼻毛丛生的棕色鼻子。他希望是甜嗓姐来揭绷带，这样他就能看见**她的**眼睛和鼻子。冻蛋蛋医生的触摸很温柔，他**嗯嗯呀呀**的嗓音也很和善。对于甜嗓姐与约翰斯分享的有关医生的一些玩笑话，他感到些许内疚。不过，他听完还是会哈哈大笑。他是自愿的同谋。有时在他离开后，她会进来模仿他的外国口音，比布兰登·格雷斯[1]更搞笑。她会站在他的床头继续她的玩笑。他能闻到她的气味：玫瑰香和药水味。

　　她会说，我来给你读一下诊疗表格。嗯……没错……嗯……我发现我高超的医术在你身上没有起

1　布兰登·格雷斯（1951—2019），爱尔兰喜剧演员、歌手。

效……嗯……不过在我看来，我们似乎只有一条路可走，瞎眼的年轻人……嗯……也就是要切除你的面部！他会说这样做绝无危害，而她会说，哇，你的脸真**可爱**。

他们肯定是被训练成这么讲话的，这样病床上残缺不全的小伙子们才会感到好受一点。她对此很在行。你几乎快让自己相信她真的认为你有一张可爱的脸蛋。想象一下他被踢烂的那张脸，好像它之前不令人讨厌似的。她为了生计不得不面对皱缩的屁股和装满屎的便盆，似乎对丑陋已见怪不怪。

约翰斯为期三周的失明期快要结束时，咕哝大卫住了进来。他嘴里喋喋不休，但颠来倒去都一样——他说的话你一个词也听不懂，全是咕咕哝哝、咿咿呀呀。甜嗓姐说他父母健在，他从梯子上摔落，脸砸到护栏上。跟约翰斯一样，他的肋骨全断了，牙也所剩无几，也断了一条手臂。他还断了一条腿，脸上伤痕累累，肿胀使得双眼眯成一条缝。他们不得不在他下巴里埋入铁丝来固定。

咕哝大卫被轮椅推进来的第一天，甜嗓姐便说："现在我手头要照顾一对了。"一对压烂的土包子！当你有足以起死回生的好嗓音，就可以无所畏惧。他并非一来就是咕哝大卫——足足花了甜嗓姐将近半天的时间才想出这个诨名。**压烂的土包子，两只瞎耗子，一号和二号**，整个早晨她每进出一趟都为他俩想出一个新诨名。每当她飘然而至进房分发药品时，约翰斯都听到他的新室友从鼻腔里挤出几声短促的气息，那是一个被打断肋骨的男人忍着痛的笑声。约翰斯不喜欢这个新状况：他不想跟这个摔下梯子的笨拙家伙分享甜嗓姐的关注。他希望有人来将他推走，带回一个沉默的老年人。

他本以为自己受到特别照顾。他知道这是出于同情，但她从没有显现出来。你可以自我欺骗，相信她只会在你的耳畔嘀咕关于护士、其他病床的病人、冻蛋蛋医生、特瑞莎姨妈或其他她所注意的人的恶毒玩笑。他不愿意与人分享甜嗓姐，特别是在他几乎不再需要止痛药，眼睛愈合得差不多，受伤的肾脏稍稍缓了过来，很快就要出院回家的节骨眼上。他在脑海里描绘新来乍到者的样貌：一个大块头的建筑工，大概留着胡须和金发，下巴长得像拼命的丹[1]。即便是一张烂脸，看不见一

1　拼命的丹（Desperate Dan）是英国老牌儿童幽默杂志《花花少年》（*The Dandy*）创造的角色，其形象拥有一个硕大的方下巴。

颗牙，那小子也很可能让约翰斯置于劣势。

昂桑克一家当然跟他很熟。啊，大卫，是你吗？你狠狠跌了一跤，我们在面包坊都听到一声巨响，哈哈哈。这家伙跟你相处得好吗？你俩现在是一条船上的蚂蚱，聊着盲人怎么指引盲人[1]，哈哈哈！**她自己**不得不让他闭上嘴巴，快走开，让人家静一静。咕哝大卫似乎不在意。他对着**他自己**嘀嘀咕咕，听起来心情不错。有些人喜欢被关注。

有一个**大新闻**，整个村子人尽皆知。她自己是从ICA听说的。她们接连给她打电话，都以为自己是第一个报信人。他自己是在那天早上的弥撒上获知的。他自己每个早晨都去做弥撒，在必需时还会去忏悔。他是因为信仰才去的。去忏悔室还有其他原因吗？他都跟神父说了什么？肯定是编造自己的罪孽。这本身不就是需要在下一次忏悔时坦白的罪孽吗？一个围绕罪孽与悔悟的永恒闭环。

咕哝大卫在一旁咕哝个没完，似乎是在催促快点讲

---

1 原文 the blind leading the blind 为俗语，意为"外行指挥外行"。

完这条大新闻。甜嗓姐马上就要进病房了，他听到她就在走廊里，如往常一样欢笑。你很容易判断出她的行进方向。她推着一波趣事和恶作剧往前走，身后留下一串欢乐的尾迹。如果昂桑克一家愿意抽空把新闻再讲一遍，她也会听到这个大新闻。

市政会来回讨论，争执了好多年，终于作出一个重大决定。村子西面的大片土地将**重新划分**。这意味着这些土地不再仅仅是耕种和放牧的草地。市政会将这些土地用红色记号标记出来，在市民办公室的地图上展示，供所有人看。那里将修建房屋、商场、酒店等。这块地包括爸爸的所有土地，克里默家的绝大部分土地，帕迪·鲁尔克的一半地产和麦克德莫特家的小块地皮。

对于这个重磅消息，他们兴奋得像是绕着芬达瓶口飞舞的黄蜂，似乎加入狂欢队伍才是唯一礼貌的做法。他点了好几次头说，天啊，这太棒了，哦，真的，并挥舞那只完好的手。他更喜欢昂桑克一家平时的样子，现在这样滔滔不绝、争论不休、语速加快的两人——有些不对劲。这件事让你有点紧张，就好像壁炉旁边躺在你脚边熟睡的优雅的老狗，突然之间暴跳起来，狂吠不止，疯疯癫癫，叫你完全摸不着头脑。

总而言之，对于任何一座小村庄，这事显然是再好不过了。除了几个损人不利己的长期抱怨者，人人都叫好。这块地方将焕发新的生机。就连远走他乡多年的人都可能重新考虑他们的人生境遇，然后回归家乡，如果建筑工之类的工作中有什么值得回归的东西的话。有一群年轻小伙子最近刚背井离乡，听到消息的他们肯定会掉头回来。他们可能会跳船一路游回来。最近几个月不断有相关猜测，但人们似乎害怕以肯定的口吻说出口，让它化为泡影。重要的是好好开发。人们将密切关注计划的进行，抵制他们认为弊大于利的东西，譬如迪斯科舞厅或快餐店之类，但愿它们被摒除在计划之外。

派基·柯林斯的大院里堆满砖块、木材和袋装水泥。德莫特·麦克德莫特提出买下土地。尤金·彭罗斯谈到约翰斯的百万财产。他们想得比昂桑克一家超前许多。妈妈坚持认为那些老滑头总是比其他人先得到消息。其中有些人深藏不露，这还算讨人喜欢的，但更多人会到处讲给愿意听的人听，和盘托出自己掌握的情况。他们散布的新闻甚至不能称之为新闻。就算没有新闻，他们也能无中生有。

正如几年前，这地方谁都听说帕迪·鲁尔克拿腰带抽打凯思琳的脑袋，而她不过是在用奶瓶喂养牛犊时，意外被顶撞出一个黑眼圈。有些话一旦说出来，就没法当作从未说过。这事过后，帕迪在许多人的认识里黑化了。有些人会相信别人告诉他的话，他不管这话是谁说的，也不等铁证出现。昂桑克一家不一样，这个新闻来自官方渠道，因此可以作为事实来讨论。你不能扫了他们的兴，说自己根本不在乎，就算我们的主他本人想要从约翰斯手里买下土地，用来建造房屋、酒店和商场也一样——约翰斯的土地并不属于约翰斯——售卖或者授权他人在上面造东西都不由他来决定。

过了几天，咕哝大卫讲话越来越清晰了。他们在他下巴的铁丝里加上铰链，还给他配了一口临时假牙，怕他有什么重要意见要宣布。稍加练习，那阵咕咕哝哝就被一刻不停的流利句子所替代。约翰斯有点嫉妒他箍着铁丝的下巴，跟别人讲话时，有一副铁丝下巴的人不会感到压力。他坏的要是下巴而不是眼睛该多好。那他就能看清甜嗓姐的真容，而不是幻想她的模样。他也不用费力去想怎么回她的话。就连被踢脑袋这事都不尽如人意。

咕哝大卫在讲话方面没有这样的压力。事实上，讲话是他释放压力的方式，似乎有千言万语挤压在他的头脑里，迫不及待要冲口而出，就好像是芒斯特冠军杯决赛后从森普尔体育馆看台下方通道蜂拥而出的人潮。他想这事真是太可笑了，他俩谁都无法看见眼前的冗长演讲。咕哝大卫说："我过去是非礼勿看，非礼勿说，现在我只能非礼勿**看**了，哈哈哈！嘿，先生，你听见了吗？我说我过去呀……"

他说的都是关于那个重磅新闻，关于土地重新划分的事。他想知道约翰斯给市民办公室留了多少棕色信封，呵呵呵。他想知道约翰斯跟拉特雷吉的奥利弗·坎利夫是否沾亲带故。啊，没有吗？哦，对了，你爸是杰基，我认识他。他过去跟我爸打过曲棍球。嗯嗯，俱乐部解散之前他们都打过青少年乙级联赛，哈哈哈。他们都是硬茬。哦，对了，前不久去世的是你妈，请节哀，生活还得继续。在一大帮恶棍的虎视眈眈下，你在家里留了多少钱？

原来就是你呀，被尤金·彭罗斯、城里来的家伙和另外两个混混狂揍了一顿的人？彭罗斯吓坏了，你知道吧，当你朋友为你的事不有余力地奔走时，他显然快吓尿了。他不知道自己跟什么人混迹在一起。那小子极度危险。纯粹是个坏种。他曾将台球杆抡到一个康默福特的小子身上，你也知道那些家伙有多能打。当更坏的家伙出现时，彭罗斯就像是一个手持新玩具的小毛孩。你是在合作社上班吗？哦，对了，让我想想。我见到过你被彭罗斯言语羞辱。有好几次我见他这么干。当时他身边还有另外那两个傻瓜。只要彭罗斯动一动嘴巴，你就会见到那两双眼睛直勾勾盯着你。他们对他言听计从。

派基根本不想找人替换你！那个该死的波兰小子像只觅屎的苍蝇飞了过来。让我告诉你吧，你没法拒绝这些家伙，他们敢来挖你的眼睛。我等不及这些伤肿消下去，这样我就能张开该死的眼睛，我敢说那个声音甜美的护士一点不可靠，呵呵。嘿，先生，我说我等不及伤肿退下去，这样我就能张开该死的眼睛，我敢说那个女护士水性杨花，我等不及要瞧瞧她的模样。呼，小子，我肯定能跟她来一发，哈哈哈。听声音她似乎是个美人，但我们要有心理准备面对打击，她的面容可能丑陋不堪，哈哈哈。当然，聊胜于无嘛。如果她长得邋里邋遢，也许我们就不会在她每次走进来时裤裆里硬邦邦。

嘿，咱们鸡鸡里的这些管子有什么用啊？你的鸡鸡里也有一根管子吗？这么做不会太冒失了吗？我不知道老板你是什么情况，不过那些护士可以自由自在地随意摆弄**我的**鸡鸡，哈哈哈哈哈！

咕哝大卫逗得甜嗓姐哈哈大笑。这就是咕哝大卫让约翰斯倍感煎熬的地方。他从梯子上摔下来怎么就只伤到那张蠢脸，为什么不干脆折断脖子。他们怎么就不能让铁螺丝在他下巴里多留一段时间。这个咕哝大卫满嘴甜言蜜语。当然，他是挺会逗闷子。"哈哈，真他妈的，哈哈。"怎么**每一次**当甜嗓姐走近，他都预备好了一个新玩笑或者抖个机灵？佯装大笑的你内心里垂头丧气。他若没听到你笑，会把同一番蠢话颠来倒去地重复，音量一次比一次高，搞得你精疲力竭。他就是这样。如果这是排解孤独的备选项，那他宁愿永远孤独。从前的他不知道，人也可以让你苦不堪言。

关于咕哝大卫的另一件事，就是他不停**放屁**。约翰斯多数时间的胃疼，都源自**憋**气。有一半时间，他都将自己的两瓣屁股夹紧，以至于到后来气体不再试图逸出，它们抵达屁眼后又绕圈憋回去，随后在他体内四处捣乱，相互争夺空间。将所有压力积蓄在体内对身体肯定不好。没有比刺鼻气味正填满病房，但甜嗓姐或其他哪个护士却走进了臭气熏天的云雾里更糟糕的时刻了。咕哝大卫认为这才是精华所在。他每日每夜放屁，然后恶作剧地归咎于约翰斯。有一两次，他的大臭屁正好撞上甜嗓姐进他们病房，就在她进屋的一瞬间，这个操蛋的家伙便说，天呐，约翰斯，你这个坏家伙，你就不能忍一忍吗，有位女士在房间里呢。随后，他**假装**替约翰斯道歉。这个肮脏、恶心的杂种！甜嗓姐笑着说，别担心，我闻过更糟的。你无言以对。你不能去否认屁是自己放的，那样听起来会像个小学生。待她走后，咕哝大卫呼呼哈哈爆笑不止地说道，天呐，先生，我为你逮到一个美人。而你只能平躺着，幻想自己午夜时分偷偷潜至他的床头，用尽全力将偷来的餐叉戳进他的嘴巴。这招可以让他安静点。

有时候，甜嗓姐会走进病房并关上通往走廊的门，她坐下来告诉他们，别出声，护士长正大发脾气，我在这儿玩躲猫猫更安全。上帝啊，我累瘫了。男孩们，有啥新鲜事吗？于是咕哝大卫脱口而出一些俏皮话，譬如她昨晚是不是出去约会了，是不是搞得很晚之类的，他俩边说边笑，约翰斯觉得他们好像合起伙来针对他。他对咕哝大卫的厌恶更甚于对尤金·彭罗斯，或德莫特·麦克德莫特，或派基·柯林斯，或那个踢烂他脸的城里小子，或者在学校里嘲弄他的酷男孩们。为什么咕哝大卫非得冒出来先声夺人？甜桑姐原本是**他**的快乐源泉，她曾与他分享私密的笑话。这太不公平了，第一个对约翰斯耳语，将电力顺着脖子、胳膊传入他的蛋蛋、大腿，并直达脚趾头的正经女人，现在却被一个满嘴跑火车的大蠢胖子夺走了。

约翰斯和咕哝大卫在同一天恢复了视力。咕哝大卫那天一睁眼便说，上帝啊，你比我想的还要丑。嘿，我说，你甚至比我想的还要更丑。嘿嘿，先生，瞧你一眼刺痛了我的眼睛，哈哈哈哈。约翰斯只能躺着那里，瞎眼睛冲着那头狂笑的蠢驴的方向，心想，尘埃落定了，大卫只要看一眼她，就会与她坠入爱河。他会像理查·基尔[1]在那部影片里那样，将她拦腰抱起——电影中，理查在海军还是哪儿服役，跟一个黑人小伙大打出手，接着骑上摩托

---

1 理查·基尔是美国演员，后文提到的影片为其主演的爱情喜剧片《军官与绅士》。

车冲入那位美女打工的工厂——他像这样将她拥入臂弯，携她远走高飞。所有护士、医生和走廊里三三两两的病人都跑来阻止他们，大家哄笑，拍手，欢呼雀跃。约翰斯最终一个人滞留在这里，只有脾气古怪的老护士作陪，他的阴茎耷拉在一侧大腿上，大颗大颗的泪珠在绷带背后汇聚。

你彻底消肿了，是消炎药的作用，它让肿胀消下去了。在我的病房是你的荣幸，不是吗？我用了最好的药，哈哈哈。接着是咕哝大卫说话，他成了她的新宠。哈哈哈，你就是个谐星。耶稣啊，我跟你说，虽然脸上消肿了，但自从你走进病房，其他某个地方就开始发胀，哈哈哈。然后甜嗓姐说，你这个污言秽语的家伙，哈哈哈。她**假装**对他生气。这个咕哝大卫胆大包天，这个家伙用满嘴的黄段子占据优势。她大笑着回应他。你难道不认为她应该叫他停止这些秽语吗。爸爸总说，生活中愚蠢的无知浑蛋总能成功。他是对的。接着她说，至于**你**，根据治疗计划，绷带今天就会解开，除非冻蛋蛋医生改变主意。他意识到她在对他说话，他说，哦，哦，好的，天呀，太好了。然后她就翩然离开，没有像和咕哝大卫对话时那样大笑和开玩笑。

先生，我跟你说句话，她声美人也靓，是个尤物，就是臀部有点臃肿，不过爱尔兰娘们就是这样，哈哈哈！你以后会了解的。咱俩在同一天复明，难道不是很有趣吗？我们做了好一段时间的瞎子兄弟。挺好的，有一个跟自己同病相怜的病友。嘘，她回来了，来了来了。哈啰，我的美人，你给我们带什么来了？你什么时候给新来的约翰斯解下绷带呀？作为唯一不得不忍受盯着一张丑脸看的人，我简直觉得恶心。还好有你进进出出缓解我的恐慌，哈哈。等**他**瞧上**我**一眼，他会想马上重新缠上绷带的，哈哈哈。冻蛋蛋医生让他的眼睛重见天日时，你要确保自己在场，否则他会吓晕的，哈哈哈，就像小雏鸡一样，以为第一眼看见的东西是它妈妈，他会含起冻蛋蛋医生的乳头吮吸，哈哈哈。嘿，先生，你听到了吗，我说呀……

双目失明并不算太糟糕，特别是当你知道不会永远当瞎子时。如果是永久性的，而你又并非瘫痪在床，那肯定是有点糟。但在黑暗笼罩下也有其舒适之处，任凭周遭事物运转不停，无须思考我是不是应该这么干，或者去那边，或者讲点什么。现在一切土地相关事务已经成为**价值连城的储备土地计划的一部分**，昂桑克夫妇说拍卖师马丁·多尔蒂有一天在面包坊里这么称呼它。不过当一个人目不能视，卧病在床时，这些事都可以安全地忽略掉。等他终于恢复全部视力后，唯一将他与这种舒适生活连接起来的，就是他鸡鸡里的导管。一旦他可以跳下床，自己尿尿后，导管肯定会被拔掉。难以想象，当你的生活一团糟时，失明成了发生在你身上最棒的一件事。

取走吃猫者的是另一位女士，她叫它作**猫吃她**[1]。或许它完成任务后会获得一个不同的名字。反正他们医院里许多东西都起了怪名字。拔出来时不疼，现在却钻心地疼，并留下的强烈灼烧感。她嘴里喷喷几声，手捏住他鸡鸡的时间严格来讲比需要的时间长一些。她又喷了几声，问他疼不疼。他回答不疼，因为那个时候不算特别疼，他不愿意小题大做。然后冻蛋蛋医生进来解开了他的绷带。松了绑，他的脑袋却感觉怪怪的。世界看起来不太对。他幻想这间病房会像爸爸遇酒疯子袭击那晚入住病房的迷你版，但它更新，如果你将病床旁的仪器

---

1 原文 cat ate her 是男主人公对导尿管（catheter）的误听。

挪走，它就像一间酒店客房，与爸爸妈妈带他入住过的都柏林酒店一样。那次正值全爱尔兰曲棍球冠军赛后，爸爸兴致很高，妈妈嘴里抱怨，但也冲他笑得开心。酒店的吧台边挤满顾客，他们齐声唱着《斯利弗那蒙山》[1]。妈妈让他坐在自己膝头，自己也跟着哼唱。他也想唱，但只记得一两句歌词。她的臂弯紧紧环抱住他，跟其余人一起左右摇摆。那是他迄今为止最美好的感受。

冻蛋蛋医生身边带着一个女孩，她微笑着站在那里，将解下的绷带放入银色的盘子，然后递给他一个很小的瓶子。他拿小瓶子往约翰斯的眼睛里滴了滴，说：好，没事了，视线会再模糊一阵，这一个小时你会有**散一瞳**的情况，然后就没问题了。你会见到眼前有东西悬浮，**这种情况**会一直有，你会习惯的。如果见到**闪光**，要立刻回来找我。然后冻蛋蛋医生和微笑女孩就去忙别的了。世界变成一大堆模糊的影像，他向后躺去，试着入睡，并希望在周围世界恢复清晰明朗，等待他去做点什么、说点什么之前，享受最后片刻的失明。

---

1 原文 Sliamh na mBan 是爱尔兰语，意为"女人之山"，为爱尔兰蒂珀雷里郡的郡歌。

可是鸡鸡里的搏动感让他睡不着。他张开眼，坐起身，用被单在私处周围搭起帐篷，不让任何东西触碰到它。鸡鸡有点不对劲。他现在又能看得清清楚楚了。约翰斯冒险望了一眼那个怪家伙，他躺在那里，嘴角咧到耳朵，与他想象的样貌没有丝毫相似：一个矮小的秃头小伙，眼睛灿若星辰，嘴唇肥厚，唇间仿佛爆开了，整张脸又黑又蓝又黄，就像从地里挖出来扔掉的坏土豆。他的一条手臂打着石膏，一条腿包在更大的石膏里，吊在看上去像迷你吊车的东西上。他差点问出口，大卫在哪儿，直到那个小光头开始说话，才确定就是他。

哎呀，哈啰，先生，你终于下定决心看我一眼了。我俩不是一对绝配的病秧子吗？唉，至少我们现在能下地走两步，读读报，看看电视，还有几个护士来给我们逗闷子。不过有几个护士长得怪吓人的，其中一个留着**八字胡**，我给你讲啊……

然后他问约翰斯怎么了，房间开始天旋地转，这感觉跟那次圣诞节一样，那天约翰斯偷偷携带两品脱瓶装世涛啤酒，以及一个没人要的生锈旧开瓶器，溜到那棵垂柳树下猛灌这两瓶酒，就在啤酒和晚餐以一股橘黄喷泉的形态从胃里反涌上来的前一秒，整个世界开始旋转。他只能硬撑着，并赶在黑暗降临前，对完全不靠谱的咕哝大卫说自己的鸡鸡很难受，他是不是应该跟谁说说档子事？

六月

爸爸总是在六月收割下第二批青贮饲料。早晨从泥泞的地里走过时，能听到狭长田地里拖拉机的轰鸣。城里的学校仍在放假，还剩一个月的假期。**一个月！** 大太阳不可能坚持那么久。从装着小窗的暗沉沉、汗津津的教室解放出来的孩子们喧闹着，欢呼着，你还没从这魔音灌耳的悲惨中解脱，夏季就要结束了。老师怎么样了？他当然也跟他们一样，妒忌着不需要上学时疯狂、空虚的日子。

六月之前，冬衣别换。六月七月，畅泳无憾。一到六月，爸爸就会说一些类似的俗语。别讲那些老胡话，妈妈说。你的比基尼准备好了吗，萨丽？爸爸回嘴道。他向约翰斯使眼色。妈妈的脸唰地红了，拼命不让他看到自己板着的面孔下笑意浮现。

他的**乐—意—奥—道**感染了。那东西在鸡鸡里面。**细菌**通过吃猫者入侵。猫吃她。猫和你。无论那东西叫什么鬼名字，在人活动不方便时，它有用极了，结果却带来棘手的麻烦。他只知道自己每次只能清醒几分钟，每次清醒时都觉得寒气逼人，可有人说他很热，他想说自己不热，他快死了，可很快他又滑入疯狂的梦境世界。他见到爸爸妈妈，他们在一个漂亮花园的底部。他也想下去陪他们，问问他们的近况，问问他们死亡美妙吗，他想告诉他们自己的生活如同倒空的红酱瓶，瓶中空空荡荡，毫无意义，你将小刀插入，一圈圈不断地刮，却只能得到一点残汁，分量根本不足以使你快乐。该死的，为什么旧的用完后，妈妈不买一瓶新酱？她从来没让爸爸缺过**棕**酱。他大声抱怨说，任何牌子的棕酱都行，萨丽。他几乎每次都叫她萨丽，只有他会这么叫她。

他身旁放着个东西，第一次见时吓了他一大跳。那东西上面挂着两个大袋子，伸出许多管子，管子就插在他的一条手臂上。他第一次见时，那东西像个巨型的外星机器人，长着一副虫眼，他以为自己在做梦，试着将针管从手臂上拔下来，但他身边出现了一位周身散发光芒的天使。她告诉他这是静脉注射，能将药品打进他的体内，他会没事的。这位天使有一副好嗓子，跟甜嗓姐如出一辙，原来这位天使**就是**甜嗓姐。原来如此，他明白了，他没死，也没去天堂、地狱或炼狱。他感到飘飘欲仙，能见到如此可爱的金发天使，这儿离天堂不会太远。

事后他昏睡过去。耶稣呀，你剂量打得太多了，先生，咕哝大卫告诉他，本来再不消几天你就能出院了，不幸的家伙。很难保持清醒。感染使他虚弱。他得在医院再多待一阵了。不幸？鸿运当头才对。甜嗓姐现在长着一张漂亮脸蛋、一对漂亮纤手，身着漂亮的淡蓝色制服。他本以为会是白色的，接着意识到从前自己尽是以《星期日世界报》的背景广告中护士打扮的陌生人为蓝本在想象，那些广告尽说些类似**在线性感护士，期待为你打针**的话，并附上一长串电话号码。她们的乳房几乎一览无余，你还能看到白色短裙下紧身内裤的边缘。他无意识地将甜嗓姐想象成那副模样，难道不是一个变态吗？万一被她知道，她将不再温柔和善地对待他，也不会进出病房查看他的情况，即便有时这并非她的本意。

她的名字是西约昂。难以置信，好几个礼拜了，他一直不知道。**西约昂**。读起来轻轻柔柔又朗朗上口。你轻声叫出这个名字，仿佛轻呼一口气，又像一声叹息。这是最美的名字，在他的口腔里留下甜丝丝的味道。

现在西约昂又围着他转，似乎忘记还有个咕哝大卫。她觉得对他的感染需要负一些责任——她本该勤换那玩意，注意感染的迹象，但她没法事事记牢，这里缺一半人手。况且，要是那个大奶牛护士长要求万无一失，她每时每刻都得又是拔又是扯不断检查所有插着什么吃猫者、猫吃她的病患。显而易见，她深感愧疚。

为了她，他什么谎都愿说，不过撒这种谎也不算罪过。这就仿佛在告诉那位英国官员，男孩们整晚都躺在床上，而实际上他们去乡下打黑棕部队去了——这是谎话，但不论是人是神，都不会怪罪于你。

西约昂说那个老病房护士是个可怕的蠢女人，还有些护士纯粹就是狡诈，还是讨人厌的马屁精，刚见过面就在背后捅刀子。她们连她一半的工作量都没完成，却老是盯着她，向护士长打小报告。她知道原因，因为她们跟休产假让她来填缺的那位护士要好，她们不想她被视作跟她们的朋友一样好。妈妈将她们这类人叫作**恶毒的婊子**。约翰斯将妈妈的话讲给西约昂听，她哈哈大笑。她接下去的行为通常只在让人抽抽搭搭的影片里才会发生：她将一只手放在他的侧脸上，低头微笑着看他，他冒险直直盯着她的眼睛，似乎从中读出了喜爱或者可能是比喜爱更深的情感；也许她对他有了一种其他人从未对他产生过的感觉——毕竟，她只能根据他被救护车拉来之后的表现来评价他。

也许她比其他女孩对他多了一份尊重，因为她从未见过他泪眼婆娑地穿过村庄，身后是尤金·彭罗斯朝他扔石头或捏扁的易拉罐，或是见他在校车边被痛扁，又或是见他在通往唯一一次差点去成的迪斯科舞会的路上被火烧，被抢了五镑钱。她对他的唯一了解，就是有四个混混袭击了他，他虽伤痕累累，却从不抱怨，安安静静地服药，也不像有些小伙子那样哀号，呻吟。她难道没说过他是个很棒的病人吗？可能她更想要咕哝大卫那样的患者，即使他是个秃头矮子，挺着沙滩充气球般的肚子。咕哝大卫的嘴一刻都不停歇。也许她觉得约翰斯有点像克林特·伊斯特伍德。克林特·伊斯特伍德寡言少语，可耶稣呀，他太酷了。詹姆斯·邦德也不会是嘴最碎的那个，但女孩们永远蜂拥在他身边。

除了说他是个好病患，她还夸了他四次。只不过前者不是什么值得四处吹嘘的骄傲事，因为就他目前看来，身为病患只不过意味着要躺在病榻上。他记得她夸赞他的原话，以及她说话时的声音。这是他从一个并非亲戚、并非ICA、并非昂桑克夫人的女人嘴里第一次听到夸奖。第一次在大约一周前，他刚入院还稀里糊涂那会儿，他们给他打药帮助止疼。他清晰记得在冻蛋蛋医生检查完毕，她温柔地换了绷带之后，她说他的睫毛很漂亮。接着的一次是在她格外细心地照顾他坐起身后，他刚开始觉得难为情，她便开口道，哦，你真是个大块头。他以为她是说他肥胖。她站远一些，他觉得她正盯着他看。他感觉自己的脸蛋烧得滚烫，就在这时她第二次夸他：她说他体格健壮。**体格健壮**。嗨！她工作中接触到各种各样的身材和身体部位，对这方面很清楚。第三次夸奖就在几天前，他拆下绷带的第二天，她说，你知道吗，你拥有最漂亮的蓝眼睛。最漂亮的蓝眼睛。难

十二月纪事

以置信。

所以，照她的说法，他是一个体格健壮的好小伙，**拥有最漂亮的**蓝眼睛和长长的睫毛。当然都是些老生常谈，他才不会自命不凡地以为自己是个帅哥之类的。不过，她的声音听起来并不是没话找话。这第四次夸奖最棒的，因为似乎是事实，不知为何仿佛将其说出口会使她有些许伤感，可她又不得不说，还不能大声宣布，因为一个护士对患者说这样的话是不合适的。她在旁边忙活，将这里的仪器、物品归拢，中途突然停下来，转身直直望向他。他迅速移开视线，免得被她发现自己像一条老狗盯着一块刚从烤炉里端出来的牛膝般观察着她在房里的一举一动。她说，你**真的**惹人疼爱，你知道吗？

女孩恭维你时，有一大弊端：你觉得自己也得以某种方式回应。但你又能说什么呢？感谢？那听起来像是你已经认识到这个优点，完全接受了这一事实。这会让你显得自大。不过你也不能拒绝接受夸奖，否则你就是在钓鱼，通过与那人争论，引出更多的夸奖。你可以扮酷，仅仅点一点头，仿佛在说你不在乎别人怎么想。但这样看起来更像是懵懂无知。最好是脸蛋通红，结结巴巴。这也确实是他唯一能给出的反应。周详考虑之后，脸蛋通红，嘴上结结巴巴，便是当别人恭维你时最完美的回应。

　　等约翰斯体温退下来后，咕哝大卫已经能时不时走几步了，他四处闲逛，折磨病房里的可怜人。一天，就在大卫离开房间，看看可以去骚扰谁时，西约昂走了进来。我来看看你，亲爱的，看你是否准备好上路。上路意指回家。回家意味着回归空虚，无人作伴，除了他自己的胡思乱想，很快它们又要对他发起攻击。不再有嗓音甜美的西约昂，不再有咕哝大卫，凭良心讲，大卫是约翰斯拥有过的最好朋友。这家伙虽然异常烦人，但约翰斯无法想象躺在家里的床上，左手边只有一面空墙，而不是胖乎乎的秃头男人满嘴胡诌个没完。

　　西约昂的手抚着他的鸡鸡。她越过他的头顶，将视线投向供奉圣母玛利亚的小巧搁架，再环视整个房间。她护士服的肩部扯动了一下，约翰斯瞥见她胸罩的系带。黑色的，镶着一点蕾丝。胸罩系带勒着的那点皮肉是褐色的，斑斑点点，很可爱。他心想，她做过日光浴吗？据说女孩们都对那个趋之若鹜。不过根据电视上一个女士的说法，长期做日光浴对身体不好。你最后会患上**黑色叔六**。阳光是长雀斑的推手。这片雀斑太美了，约翰斯感到词穷。她缄默无言，眼睛从雕像上向下移开，与他对视。

哼哼，她发出声音，或是**嗯嗯**，像是荧幕上的女郎吃到诸如巧克力等美味，又像女郎被一个追求她的健硕小伙子亲吻脖颈。想象一下，一个女孩抓住**他的**小弟弟，嘴里发出**嗯嗯**！这一幕要好好珍藏，留待以后回味。你几乎可以骗自己相信她的这番探索有着治疗之外的目的。

她依旧一语不发，也没掀开他的被子看一眼下面乱糟糟的阴茎。也许这些训练有素的护士可以只通过触摸来作出判断。他的那话儿对她们来说是小菜一碟，就像屠夫处理一块动物臀肉，或者建筑工人堆砌水泥砖块。下一秒她可能会说他的下面痊愈了，并为那次感染道歉。你可以出院了，祝你好运。走吧，这张床还有别的安排。但她并不这样，而是将手顺着他的小弟弟往上移，小家伙开始弹跳。他感觉双颊因羞耻而发烫。她会认为他是个变态。她会继续工作，假装没发现他硬了，但之后会跑开，死劲搓洗她的手，并告诉其他护士他多么下流。她们会瞪大眼睛，大惊失色，然后面面相觑，蒙上嘴,终于抑制不住地哄堂大笑起来。她究竟为什么不戴上手套呢?冰凉的手再次移下来,将他的包皮稍稍往后褪去。在她手中,事情超出了她的掌控,但她似乎没有留意。她只是看着他,蓝眼睛空洞无物,双唇也没泄露她此刻的所思所想。她似乎全神贯注于头脑里的某件事。

她冷不丁问他,感觉如何?她的声音吓了他一跳。他喘息着说**很好**。好极了,她说,继续心不在焉,若有所思。他尽最大努力将眼睛从黑色的胸罩系带上挪开,害怕这番努力会让自己再次失明。她会不会也穿着黑色的内裤?他还没来得及阻止,这个想法就挣脱牢笼向他胯下全速冲去。她似乎感觉到了,轻轻捏了一下,手开始有节奏地上下套弄。罩在她小臂上的被单升起降下还不到十次,他就感到眼冒金星,噢,圣母在上,噢,噢,噢,他眼睛闭得紧紧的,脚后跟插到床垫里,双手攥住被单握成拳头,一股滚热、黏稠的液体从体内喷薄而出,沾满她的手、床单和他的腿。

七月

七月不用上学。你可以整日和爸爸一起闲逛农场。或者，在爸爸工作繁忙或去砌砖块时，与妈妈待在厨房。她允许你高高地坐在柜橱上看她烘烤食物，你也可以穿过河流区，看能不能沿沟渠搜寻到兔子或刺猬，甚至潜入水中的翠鸟。太阳并不**总是**火辣辣地炙烤大地，可就算雨天也不太冷。雨过天晴后，泥土上蒸腾起水汽。你也可以在雨中畅泳，由此或多或少体验到野生动物的自由自在。

爸爸会带约翰斯去观看芒斯特冠军杯决赛，照惯例帕迪·鲁尔克也会同行。如果比赛在科克市举行，他们就在米切尔镇的旅馆歇脚，享用早餐。他们总在那间旅馆点上一份美味的早餐全餐。有一次，爸爸疯狂地想要多来点吐司面包，可女服务生肯定是去歇着了还是怎么的，于是爸爸冲进厨房自己煎吐司。约翰斯心惊胆战，生怕惹上麻烦。帕迪摇着脑袋，说爸爸疯了。几分钟后，他跑回来，端着一大盘吐司和更多的火腿片，身后有个胖女人挥舞着一只木勺子，**假装**对他大发雷霆，但其实在哈哈大笑。帕迪和约翰斯也在捧腹大笑，还有几个身穿蒂珀泽西队球衣的顾客被逗乐了，开心得嗷嗷大叫。

雄起的邓恩[1]总是带着一大帮狂野的孩子在运动场外的街头卖艺，爸爸对他很痴迷，老往他们的盒子里放钱，并向邓恩致敬。邓恩也回敬爸爸。并不是每个人都能获得活传奇雄起的邓恩的敬礼，约翰斯倍感自豪。如果他们的球队在芒斯特冠军杯决赛里击败了科克队，回家途中爸爸会开心得上天，大声呼喊，呀呼，太棒了，干掉了科克队，干草也囤好了。该好好享受夏天了！

---

1 雄起的邓恩（1933—2012）：全名帕特里克·"雄起的"·邓恩，爱尔兰传奇音乐人，以常年在足球赛场外的街头卖艺广为人知，其代表作有《沙利文的约翰》《最后一批旅人》等。

在七月，快乐唾手可得。

　　如今你几乎可以说他已经入世。他几乎明白有一个可以说话的朋友是什么滋味。只是基本上，由于他从没回应过大卫的热忱，他们也没正正经经对话过，更像是大卫滔滔不绝地讲，约翰斯被迫听一整天，直到夜深人静。爸爸会说，约翰斯是一个**被俘虏的听众**。不过有时候他情不自禁地觉得这傻瓜怪有趣的。他确实在约翰斯感染发烧期间为他担心。说不定如果大卫没有在西约昂面前表现得伶牙俐齿，先声夺人，约翰斯会对他有多一丝好感。

　　他现在知道坠入爱河的感觉了。他也知道这是无望的单相思，却无法回头。过去他们技术学校有的一个代课老师，一位金发女郎，刚从大学毕业。所有城里男孩都说她是个尤物，时常在课间讨论她的身材，说她为了保持身材肯定在催吐，你可以透过她的衬衣清楚看到激凸的乳头和胸罩，一切都在明白无误地暗示她想做爱想得发狂。约翰斯钦佩他们大胆的言论，但私底下，相比她的其他身体部位，他更偏爱那淡绿色的眼眸和柔滑的嗓音。有一次她在课堂上念了一首诗。约翰斯对诗名刻骨铭心:《有着发光大鼻子的唐》[1]。诗歌讲了一个丑陋、可悲的家伙,名叫唐,他拜倒在一个漂亮女人的石榴裙下,但对方从不回报他的爱。他对她的爱是**得—不—到—回—应**的。那位女老师将这个词写在黑板上,并加上两条下划线,所以约翰斯既没忘记单词的写法,也没忘记其意义。**得不到回应**。没有回报,单方面的。

全班聆听着这首长诗,鸦雀无声。念完后,大家并没有哄笑和自作聪明地评论,相反,课堂上只有奇怪的沉默,好像某种可怕的疾病降临到小伙子们身上,而在几分钟前,他们还朝气蓬勃。约翰斯是班上最笨的孩子之一,但就连他也理解她,这位大学毕业的金发小姐,这位被肮脏恶魔们包围的闪耀天使的用意:她在告诉他们,他们不过是一群思春的唐,他们对她屁股的戏谑,说她欲火焚身,她都知道得一清二楚,但她也同样清楚他们每个人都在某种程度上对她心存爱慕,他们愿意驾自己的小船远航,将自己沉溺在对她的欲海中;但她绝不会回应他们愚蠢的、汗涔涔的爱。这份爱**得不到回应**。

---

1 诗歌作者爱德华·李尔(Edward Lear, 1812—1888)是英国诗人、插画家、艺术家,以写作荒唐、谐趣的诗歌和散文著称。

现在他知道身边有人陪伴是什么感觉，也知道给小男孩检查蛋蛋的医生将手放在自己身上的感觉。除此之外，一个人已经无须**太**多的经历来自命老成世故。城里的男孩们在城堡领地享用午餐时，曾经常吹嘘有修女给自己手淫。每当有男孩散布这种新闻，都会引起极大的骚动。有些瞪大眼球，想听每一个细节，更多的男孩会沉下脸来，翻翻白眼，要那个牛屎大王闭上嘴巴，别再胡诌。有一天，一个来自皮尔斯公园[1]的男孩吃完午餐回到教室，宣称自己的家伙差点被女修道院的女人扯掉。每个人瞪大眼听他讲述她如何抓住靠近龟头的地方，往下猛拽，他哀号一声，她说自己被他对她某项能力的诽谤气坏了，并发誓绝不再让他靠近自己一步。他的那地方缝了针，接下来几天，鸡鸡受伤的他成了风云人物，大家伙想知道他的那话儿状况如何。

德怀尔老早就告诉过他，如果你将手放在屁股底下压足够长的时间，血流会停止，手将彻底麻木。如果你设法用麻木的手指握住鸡鸡，那感觉绝对就像被他人触摸。约翰斯试过，可无论他将手压多久，都不足以麻木

1　位于爱尔兰郎福德市的一个盖尔运动联盟体育场。

到欺骗他自己。但退一步说，德怀尔的想象力极为丰富，或许他更容易说服自己。可以肯定，他现在较德怀尔略胜一筹。

弗兰克叔叔驾车将他从医院送回家。这天是七月四日，美国人的独立日，据说他们在这天发疯似的庆祝自己从肮脏的英格兰人中脱离出来。为何爱尔兰人不那么做呢？我们不是同样也击败了那群狗娘养的吗？布鲁斯·斯普林斯汀创作过一首伟大的歌曲，正是有关降生于这一天的故事。弗兰克瞟了一眼约翰斯的包。你东西不多，他说。约翰斯告诉他，自己只拿到昂桑克夫妇从家里带到医院的少数几件东西。马上你要适应独立生活了。真的不跟我们住一阵？特茜[1]会很欢迎。

特茜。听起来很像个大善人。她欢迎个狗屎，约翰斯想说。不过在 ICA 和做弥撒时，她**会**乐于告诉那些长舌妇自己照看低能的侄子累得精疲力竭，她们会说她是个圣人，等到临终时，天堂的大门会为她敞开，因为她完成了自己的苦修，能径直从微笑的圣彼德身边走过，

1　特瑞莎的昵称。

去坐在我们的主的桌边。

　　昂桑克夫妇在院了里等他。约翰斯几乎能察觉到弗兰克周身放松下来，轻松的氛围环绕着汽车。祝你好运，注意身体。好的，谢谢你，弗兰克。他可谓是迅速逃离现场。可怜的老弗兰克，他的人生由一件又一件他不愿做的苦差填满。他可能想听约翰斯说说可爱的西约昂，那位性感的白衣天使和她的黑色胸罩系带，他射得到处都是后，她微微一笑擦拭了两下，那种黏腻感就神奇般地消失了，接着她俯身在他双唇上短暂一吻，然后眨眨眼睛，仿佛那位夜间电视节目里努力让你拨打下流热线的女郎。当然，一个小伙子在经历了这一切后，很难再将自己视作**处男**。不过如此行为可能对教堂来说还不算冒犯，即使面对科特神父也不至于感到愧疚。就他所知，对婚前手淫没有相关规定。

　　她说过，很快会再见，他至今还没再见到她。他想，有多快呢？等到地狱冻结，你这头大猩猩。你这个长着发光长鼻子的老唐。不要自欺欺人了。

　　他享用了一顿丰盛的午餐，有多汁排骨、裹面炸土豆，昂桑克夫妇一顿张罗之后也离开了。他肚子里的那股暖意，自那次手淫，那个轻吻，出院前咕哝大卫男子气概十足的大大的拥抱，西约昂与他很快再见的承诺，与大卫周末去喝几杯的约定之后，开始冷却，消散，宛如一个极力想去回忆的梦。但它破碎了，从你的思想里逃逸，你试着将它抓回来，却像是握住一团空气。这些可能不是真的，所有这一切。西约昂那么做可能纯粹出于同情：她知道他没有希望拥有愿意触碰他的女人。护士关心他人是职责所在。她大概会说，该死的，自从他见我第一眼就翘起了鸡巴，他从不给人添麻烦，真的，天可怜见，从不抱怨鸡鸡被感染，我得好好帮帮他。据约翰斯所知，这是护士安慰男性病人的标准操作，就跟她们帮你清空膀胱与肠道是一样的。只不过，如果真有这种享乐，咕哝大卫无疑会大声广播出来。咕哝大卫是个顶级**马屁精**[1]，大概邀请过他见过的每一个人去喝几杯。总而言之，他会对你视而不见，满嘴油腔滑调，在西约昂背后偷笑，做下流手势，然后对着她的脸垂涎三尺。你会想要狠狠扇他耳光。

他开始感到身体疼得厉害，医生警告过他会这样。

---

1 原文 plámáser，出自爱尔兰的盖尔语。

疼痛沿着他的双眼后部，向下穿过一侧面颊，顺着肋骨延伸到他缝合好的、可自由活动的手臂。医生说不会给他开止疼药的处方，不过约翰斯可以去找药剂师买些什么东西，他忘记名字了，不过有写在一张纸条上。但相比于他身体里注入过东西，那药很可能会是哑炮，因为大街上的任何人无须医生处方都能进店购买。电视上没什么节目，只有一个主持人冲着英格兰的乡巴佬咆哮让他们戴避孕套，还有一个大块头的美国黑姑娘弄得白人贵妇们大声哭号。白天的电视节目常常让人沮丧，缺乏娱乐性。

他想到派基·柯林斯那张尖酸刻薄的脸，很好奇那个外国小伙子跟他相处得如何。他对自己够胆告诉派基该怎么做仍感到些许震惊。对于残忍的暴力打击，你能够承认一点——它让你变得更勇敢。让派基·柯林斯连同他的白眼，怒气腾腾的垮脸都见鬼去吧，现在他从外国小伙身上榨取的油水极为有限，看**他**是否**能**忍气吞声。楼上盒子里的文件可以确保让人舒适地生活，他又进一步思考了现状，想理清他自己的去留问题。**理论上**，他不是一位**百万富翁**吗？大家都这么说。如果他失去了土地，死后会有怎样的待遇？祖父、爸爸、伯叔父、俊俏的迈克尔叔叔是否都在上面等着他，好奇他是怎样一个败家子？但妈妈会为他忧心吗？愿主救赎并保佑大家。不知所以，甚至不懂得该如何去感受，这是可怕至极的。

老钟的咔嗒声日渐变作滴答声，最终可能成为那种中国式的敲钟，咚咚咚震荡他的大脑。今天是星期一还是星期二？星期几对他又有什么意义？只有在你有地方去，有事情做时，才需要给每一天命名。**我星期二傍晚过来接你去曲棍球训练。我们星期五晚上去喝个几杯。我们星期天去电影院吧，好吗？** 从孤寂中放了一个大假后，再次陷入孤寂似乎是十倍的折磨。住院的日子就像是爸爸的癌症病状**缓解**的时候。所谓缓解，就是暂时离开，但之后会返回来取他性命。

屋子又变得古怪，比妈妈的葬礼尘埃落定之后更显空旷，那时候正值最后一波宾客匆匆离开，亲戚们觉得自己表现出的几许悲伤已然足够。这次可能是这座几经转手的屋子第一次彻底空置了几天。空气也仿佛凝固了，像碗底留了很久动也没动过的肉汤。在他回家前，昂桑克夫妇已经整理过房屋，不过这地方依然有一股陈味。也许过去就有，只不过他没注意。现在他的鼻子习惯了医院刺鼻的气味，渐渐痊愈的眼睛也适应了洁净的纯白色。他渴望回到医院。他不想上楼。他觉得自己被监视，监视者们并非善良的祖先们，而是侵占了空屋的恶灵，正为他的回归怒发冲冠。他开着电视在沙发上睡觉，热线女郎们冲他撇嘴巴，眨眼睛。他梦到西约昂，醒来时耳朵里残留着她的声音。屋外，板条屋的门依然坏着，半开半掩卡在当中，里面黑洞洞的，看起来很熟悉，很安全，对未出生的婴儿来说，母亲的子宫肯定就是这番模样。

一个炎热、宁静的日子，有个人影从他的视野晃过。这让他吓得不轻，心脏差点蹦出胸腔，屁股从旧沙发的边缘滑落，整个人侧身倒在地板上。老帕迪·鲁尔克在院子里！约翰斯从未因见到访客这么开心过。通常来说，预计到要交谈几句，他的心情会变沉重。现在他对交谈的渴望胜过其他一切。人们通常更愿意同情一个双亲离世的人，而不是被暴打了一顿的人。暴力使人尴尬，他们找不到适用于这个场景的安慰话。他几乎是飞奔出门去见老帕迪的。

帕迪这个人不拘小节，不会问你好吗，有啥新鲜事，或聊聊天气，谈谈奶牛价格、牛羊如何。他在院子里四处打量，透过板条屋的门缝往里看。约翰斯如今深有体会的那种耻辱感似乎从老帕迪身上蒸发了。也许他对约翰斯毫无尊重，所以在约翰斯面前不会感到羞耻。

他的清洁和体面程度跟你所见过的农民一样——跟你爸爸也一样，愿上帝让他安息——也跟他的言语一样，少得可怜。帕迪佝偻着背，满身皱纹，剩下的一小撮头发纤细，灰白，不过你从他的眼眸中，声音里，讲话时拳头握住、松开的姿态上，能感觉到他的坚强。帕迪走向从板条屋近处的山墙延伸至正屋前门右侧边缘的墙壁，斜靠在上面，望向粮食围场，现在场内荒芜着，长满蓟和野蔷薇。他开始说话，眼睛没有离开围场和远处的一片老橡树林。

如果杰克想到你下半辈子打算这么窝囊地过，他不会得到安息的，小子。你知道，他曾把你当作生活的中心。他关心你，将你养育为温柔的人，一直为你遮风挡雨。他这样做却是害你。你瞧，他以为自己的坚强遗传给了你。但事情往往并非如此。上帝倾倒天赋之杯时，对某些人笨手笨脚，对其他人又从容不迫。这种时机不是你能控制的。最好的公牛配奔跑最快的母牛，时常生出站立不稳、颤颤巍巍的跛腿小牛。有时候，他有权放任你自己去闯，让你跌倒，陷入困境，面对那些让年轻人坚强起来的磨难。但他却不允许任何人看扁你。瞧，这番话毫无意义，这些错误如今无法补救了。我老了，约翰斯，东倒西歪，根本追不上年轻人。我只会让自己出洋相，被人被绑在郡疗养院的床上终老。他们认为我是个患上**老人**病的老疯子。你知道，上了年纪的男人女人都虚弱无力，必须喂他们吃饭，他们会像小婴儿那样将食物打翻，弄得到处都是。他们甚至连手肘跟屁股都分不清了。可你还有大把时间。你还有很多很多年，可以选择像个男子汉那样开开心心地生活，而不是生不如死地受折磨。

眼下，城里每一个奸诈的浑球都等着看你何如处置这片土地。约翰斯，当他们的眼睛都盯着这片地，算计着他们还没到手也可能永远拿不到手的这笔钱时，你有权取下你父亲的枪，在一双弹匣里填上射鸭弹，去加油站狂轰那些欺负你的浑蛋们。砰！砰！这是他们唯一听得懂的语言，小子。要知道，射鸭弹杀不死人，顶多皮肉伤，但疼得要死。我可以给你弹药。他们会以为是撒且亲自上阵，撒丫子就逃。这个教训会叫他们一时半会儿忘不掉。瞄低点儿，孩子，还有正中间。射鸭弹会猛烈炸开，两颗子弹就能大面积射伤四个恶棍。警察告诉过你，他们对伤害你的家伙们无能为力，但你差点因此丢了性命。医院里的护士给他们的屁眼插管时，警察也可以跟他们讲同样的话：耶稣，真同情你的遭遇，小伙子，可我们没证据。话不多说，男孩们，真遗憾呐。否则的话，你将永远后悔放他们逍遥法外。这样的悔恨你永生难忘，孩子。这样的悔恨就像**癌症**，跟你父亲得的病一模一样。它们从内部将你啃噬殆尽。

约翰斯几乎把警察的事搞忘了。你很难将头脑里的事条分缕析。之前造访过的那两位警官某天再次来医院拜访他，两人还是老样子。前一天，西约昂正好特意来告诉过他，那个你经常在新闻里听到的，带有三个大写字母头衔——DPP[1]——的家伙，已经将卷宗退了回去，因为写得不好，**缺乏证据**。因此不会追究尤金·彭罗斯、城里小子和另外两个爪牙的罪行。这条新闻对约翰

1　即 Director of Public Prosecution，检察长。原文为 Dee Pee-Pee。

斯的冲击还不如对咕哝大卫的，后者在这天余下的时间里不断咒骂世事不公，还说DPP自己同样可能在你的脑袋上踢一脚，还有他会怎么教训四打一的小子们，骂他们不过是社会渣滓，该死的警察不顶屁用。于是约翰斯不得不装出比实际上更加气恼的样子，因为没有挨这顿打他绝不会见到甜嗓姐或咕哝大卫。

他无法对帕迪·鲁尔克讲这些话。帕迪充满戒备，嘴巴两边喷出的唾沫星子形成两小朵雾团，与约翰斯对视的眼神闪闪发光，背后像有什么东西在燃烧。帕迪最大的优点在于你无须对他多说什么。少言寡语的他会将自己的三两句话和盘托出，绝不添油加醋。他提供的是一大杯滚烫的真相，你可以喝下也可以倒掉，这对帕迪来说无所谓。帕迪给约翰斯一种感觉，他会一语不发地上阁楼取那把上下排双管猎枪，跑去加油站大开杀戒，就像电影《不可饶恕》结尾克林特·伊斯特伍德那样。

试想如果他真那么干了！肯定就不会有可爱的护士对他施以秘密的善行。只有蒙特乔伊监狱[1]里疤痕累累、满身刺青的罪犯与你分享一间小小的囚室。毫无疑问，

---

[1] 位于都柏林北部，一八五〇年启用至今，是爱尔兰关押犯人最多的监狱。

他们会像《肖申克的救赎》[1]里那些人对待安迪·杜佛兰那样对待他。如果他已决定在板条屋里永久地坠入死亡的黑暗，那他当然可以试着在那些小子身上开几个大洞，就算只是为了帕迪。射杀一个人肯定比打他更容易，因为你可以在远处出手。毋庸置疑，肯定要在炼狱里多待几年，但那又能有多糟？据他所知，你在那里面唯一能做的就是飘来荡去，为自己的罪行忏悔，为摒弃上帝赐予你的生命而悔恨，口念忏悔词，等待被接纳进天堂。那里应该满是因在尘世存活时间太短以至还没受洗的小天使吧？还是说他们待在地狱边缘？或者，两者是同一个地方？还是说教皇近期尚未释放它们幼小、纯洁的灵魂升入天堂？他确信这样的事早已发生过。不过，他相信自己绝不会因为射穿几个恶棍就要被打入地狱。

帕迪看起来还没消气，似乎是在等约翰斯说两句。但他并未等待，而是从那堵墙转过身来，作势要走。随后他停下脚步，转身，又说起来了。

1　电影《肖申克的救赎》里，主人公安迪·杜弗兰曾被监中其他犯人性骚扰。

还有件事，孩子，听我说。等租约到期，千万不要再租给他们。麦克德莫特一家都是奸诈的蛇。他们想租十三块地，已经租下四块，他们知道你不会写租约或租用凭证，因为他们知道得清清楚楚，你跟你父亲一个模子——下一步他们会在法庭上宣称你脑子有毛病，他们这十二年来没签合约、不交租金一直使用着土地，通过这一招他们可以霸占你所有的土地，因为法律**憎恶**荒废土地，会以**逆权侵占**为由将土地给予他们，知道吧。那就是他们给擅自占用者的狗屁权利起的花哨名字！零售变批发呢，约翰斯。麦克德莫特家会这么做的，这事十拿九稳。把地清理出来，自己耕种，或者把地卖了，再不就卖一部分，千万别留给那些老鼠。我真搞不懂昂桑克夫妇怎么没给你讲过这些。可怜的萨拉，杰克过世后她没去关心自己的权利，事情到了这步田地我并不**怪她**。

他再次转身离开，走时抬手在空中挥打了一下，仿佛是说见鬼去吧，你不过是个傻瓜，想要给你讲道理简直就是浪费我宝贵的时间。他清清嗓子吐了口痰，穿门而过，走远了。约翰斯不禁想去追他，摇着他的手臂哀求他再多留一会儿，至少再喝杯茶，或许再多讲讲枪击混子们、摆脱麦克德莫特的计划，或许能向他解释填满这么多年孤寂生活的秘诀，而约翰斯可以揭露西约昂的秘密作为回礼。帕迪·鲁尔克如果知道他和一位漂亮护士的韵事，肯定会高看他几分。这样的话，他也许能收回说约翰斯像个颤颤巍巍的小牛犊的话。但他知道，再说下去只会让他觉得自己更加傻气。最好是接受这个事实：帕迪这种人自己掌控话题的展开、进行、结束，不需要约翰斯·坎利夫这样的人插话，否则就是狗尾续貂。帕迪这种人说完自己的话便匆匆离去，不容一丝反驳。

约翰斯想念起西约昂和咕哝大卫来。他好奇如果他再摔坏自己，是不是能重临他的私人病房，她会在那儿接待自己吗？咕哝大卫是否依旧在病房里满嘴跑火车，笑闹个不停，跟小护士们打情骂俏，惹人讨厌，但又让人们违背本意地喜爱上他？如果他继续在这里怨天尤人，郁郁寡欢，可能会被扔到精神科去。

强烈的晨光照射下来，树木郁郁葱葱，一团团乌泱泱的苍蝇、小虫、蝴蝶飞来飞去。他能做的就是思考为何有些人的生命里充满着人群、工作、体育、孩子和乐子，而他的生命在本该装着这些东西的地方却是一片荒

　　　　　　　　　　　　十二月纪事

原。他若能抓牢机遇好好利用，而非对机会畏缩不前，藏在双亲的房子里，害怕失败，害怕被嘲笑，害怕到都不敢冲外面窥视一眼就好了。为何他生来就缺乏足够的男子气概？

他一直等到帕迪的话轻轻落在龟裂的地面，空气再次凝滞起来。尽管太阳铆足了劲，板条屋的门边还是笼罩着一股寒意。他将门朝里推开，吱呀一声，仿佛在宣布他回来了。他站在门口，阳光温暖着后背，门里的阴影往脸上投去一片冰凉。他记起自己曾研究过在横梁上绑绳索的最优办法，研究如何将自己升到必要的高度，如何打好一个活结；以及究竟是哪种办法最好，是从围栏边缘向外跳一步，还是直接让自己的全部体重垂直下坠？他记起自己第一个想到的是妈妈，随后是昂桑克夫妇，甚至还想到姨妈和长舌妇们，以及这事会如何让他们以各自不同的方式心烦意乱；有些人真心伤痛，但更多的人只觉尴尬。有一两次他脑海里勾勒出尤金·彭罗斯和那帮小混混的画面，想象他们在他的守灵夜那晚一边在村子里闲逛，一边得意洋洋地笑，在后续充满悲伤的致敬仪式中，他们边鞠躬边吃吃窃笑，在送葬队伍走向高山墓园走的过程中，他们在胸口画着十字，走在棺材后面的人没有谁会发现他被抬到双亲之间的温暖泥土中安息时，依然被嘲笑着。

他又退回阳光底下，远离刺鼻、冰冷的臭味。他在这里下定决心，也就是说不再考虑在这栋板条屋里犯下不可饶恕的大罪。他决定上楼去瞧瞧爸爸办公室里那个著名的文件盒。如此一来他就可以考虑一些别的，而不是老去想那些不断浮现的黑暗念头，想自己能不能再见到西约昂，更别提感受她柔软的手指握住他，还有是否真的想跟咕哝大卫去酒吧，不过那肯定会引发更多尴尬，并掉进他无法融入的环境。不过怎样都无所谓了，那家伙绝不可能打电话找他。

德莫特·麦克德莫特在地里轧第二批青贮饲料。约翰斯听到大约翰迪尔隆隆作响，声音远远传到河流区，爸爸最喜欢的地方。爸爸就不会在这里轧青贮饲料，惊扰河岸上的生灵。他总是将靠近村庄的几英亩薄地留作饲料。没有迹象表明那个浪荡子还会想来买他的地，他知道自己已经入了关于牛奶配额之类谎话的圈套。麦克德莫特家比约翰斯提前知悉了土地重新规划的业务，并计划着好好诓上一笔。让他们见鬼去吧。爸爸会说，金钱是他们的上帝，他们现在可以好好享受。不过对富翁来说，上天堂比一头骆驼穿针眼还难。这就是爸爸为自己缺乏魅力找的其中一个借口。但麦克德莫特他们有解决之道，他们会高高地立于天国之门外，用他们受伤的面孔和对正义的坚持将圣彼得迷惑，就跟弥撒会上他们在科特神父眼皮底下的高调表现一样，看起来似乎整个教堂都以他们为中心。他径直朝正门走去，要去取那个著名的文件盒，大约翰迪尔工作时没好气的轰隆咳喘声折磨着他的鼓膜。

盒子里没装别的，反倒装着一堆困惑。一些信件，银行和保险公司的文件，上面尽写些高深的词语，还有数据表，两张信用合作社的存折，一张写着他的名字，另一张爸爸和妈妈的名字写在一起。只有上帝才知道怎么将这些东西变作现金。他有一张卡片和妈妈让他熟悉的四个数字，他可以用卡片和数字去村里一个"墙上的洞口"将派基·柯林斯每星期存进他户头的钱取出来。只是在妈妈过世前，他很少过问，如今他一星期只用三十到四十镑往家里买点食物，像是牛奶、火腿、饼干和方便在炉子上加热的冷冻食品。

眼下他让自己过上无业的生活，派基发的工资迟早会用完。他不得不将那些文件好好规整一下。在那个"墙上的洞口"上有一个写着**余额查询**的按钮，他打算哪天按一下。真见鬼，这文件盒太麻烦了。几个月前，在他有权听别人对这些东西进行解释时，他不该傻坐在那里盘算还需多久才不用再点头，不用说，哦，行，棒极了。

他走到卧室尽头，凭窗眺望外面的院子。不去眺望外面是很难的，不去期待见到爸爸骑自行车滑进来，或者妈妈驾着福特嘉年华差点撞到墙墩，嘎吱嘎吱地驶进大门则更加困难。技术学校有位老师曾向他们解释过**看见**的真正含义。眼盲时，他时常思考这个问题。当你看着一个东西时，阳光从物体上反射照入你的眼睛，**视网膜沿视神经**将信息向上传递给你的大脑，大脑里形成一幅画面，告诉你看见的东西。因此所见并非所得，只不过是你的大脑对它是什么进行投射。约翰斯将这些知识牢牢记在心底，有次考试，他在笔下倾尽所学，却仍然只得了个 D。D 代表呆瓜。他强记下视物的原理，以至于脑容量无法装下其他知识。何必再提，反正都一样。脱落的视网膜已经复位，工作得很好，它将光线沿视神经传递给他的大脑，大脑展示出一幅图画，画面里有一个人走进院子，身穿袖口卷起的衬衫，庄重的长裤，顶着一颗闪亮的光头。是格罗根家的人。他家经营着商铺、殡仪馆以及村里的其他生意，过去不断榨取妈妈的辛苦钱。上帝啊，又怎么了？

他用双手握住约翰斯的一只手，开门见山地对他打开话匣子，就跟帕迪·鲁尔克一个样，只不过帕迪的话题是约翰斯应该如何枪击尤金·彭罗斯和那帮浑蛋，而他的这通演讲关于约翰斯该如何快马加鞭地将土地卖给心怀进步思想、有心提高就业的地方财团。杰基肯定早就将这一切告诉过他，这个**储备土地**计划已经进行了好几年，难道杰基不是跟其他人一样是这整个主意背后的推动者吗？难道他没**游说**要重新规划土地吗？如今的计划者已经明白过来，唯一要做的就是进行交易，将土地贩卖，计划可以交由**重建小组**，工作可以马上开展起来。一想到杰基，愿主怜悯，竟看不到他的计划结出硕果，这多么令人伤感啊！不过末了地方议会终于醒悟，他的子子孙孙将因他而兴旺发达，他难道不会高兴吗？

此人在过去的二十四年里从未在村里拿正眼瞧过约

翰斯，如今却像人们参加爸爸妈妈的葬礼时一样抓着他的手，咧笑的嘴唇裸露出牙齿和牙龈，像一条德国牧羊犬将灼热的话语喷向他周身。

赫伯特·格罗根说，你知道我是你父亲的挚友，约翰斯。这事人尽皆知。我十分敬重他，他对我也一样。他可不是傻子，约翰斯。他有远见，不像某些人。约翰斯，有些人今晚睡去时还是穷光蛋，明早起来却成了百万富翁。昨天还在吃青草的牛，今天就拉出黄金。这是真的，约翰斯，对他们来说根本不费吹灰之力。他们早早起床挤牛奶，喂牲口，日复一日重复同样的工作，除了去集市买卖牲口，等着获得来自欧洲的什么补助之类的事之外，全无打算。那些魔法般给他们变出几百万的所有努力、斗争、拉扯、该死的困难都由我们这些人承担。我们就是他妈的傻瓜，我们能发现潜力，约翰斯，潜—**力**，就存在于那些无论畜生还是人都无法真正从中获利的可悲的湿润土地中，它们有潜力转化为更伟大的东西，让所有人得到收益，提供工作岗位、安全感和幸福感。那就是我们要做的，约翰斯，提供工作岗位，优化社区，面向未来。有人说我们疯了，更多的说我们**高瞻远瞩**。同样也有很多人称我们作恶棍，只为一己谋

156　　　　　　　　　　　　　　十二月纪事

私！你瞧瞧，约翰斯，我才不在乎他们怎么说我，好多本地的嫉妒狂只希望所有人照旧一文不名——很久以前，同样的一群人曾经将他们的街坊邻居出卖给英国。让他们下地狱，约翰斯，他们会死得很惨，没人会为他们掉一滴眼泪。

一个人仅仅是活着就成了进步的屏障，否决了村里半数的工作机会，阻碍了全员发财致富，他被同胞贬低的卑微的自尊如今被他从未插手的事务进一步削弱，这种事难道不算骇人听闻吗？仅此一桩就胜过过往一切，不是吗？一夕之间，全村人似乎都张大了嘴盯着他，想看他打算如何将土地卖给权贵组织的这个**财团**，这样他们就能着手规划房屋、商店、学校、新的道路等，全部是公益行为——据赫伯特·格罗根说，权贵们只盼着**提供工作岗位**。克里默家、麦克德莫特家以及帕迪·鲁尔克显然已经准备就他们每人在这项家喻户晓的土地交易中的分红问题达成**原则性协议**。约翰斯真希望帕迪向他多解释一下这门生意，而不是说他是个婆婆妈妈的家伙，还怂恿他去犯下不可能的暴行。

爸爸办公室的文件盒仿佛成了一件可悲的物品。爸爸妈妈的一切劳动也变得可悲——饲喂，挤奶，牛羊繁殖，剪毛，在集市、屠宰场、鸡舍忙上忙下忙前忙后，妈妈的节俭和存蓄，因想法不同和花钱大手大脚与爸爸的争吵，爸爸砌砖块的漫长、艰苦日子。他们本可以坐着领救济金，成天看电视，因为爸爸盒子里的文件换来的那么一丁点钱，相比权贵们预备买下土地的钱，根本是九牛一毛。

过了四十个孤单的日夜，约翰斯再次想到我们的主，主在沙漠里饥肠辘辘，备受烈日炙烤，魔鬼就匍匐在一旁要为他解渴，助他饱腹，赐予全世界的财富。但耶稣只想跟同伴们艰辛跋涉，宣扬他的天父的事迹。直到法利赛人告发他，罗马人头脑发蒙之前，一切都是那么美好。拥有那么多朋友**以及**能够喂饱群众，变水为酒，起死回生，向世人显灵的法力，一定是件很棒的事。他又拥有些什么？一片上面浇灌着混凝土，已经几乎被他人窃取，马上就要被永久夺走的土地，没有可以讲话的朋友，连启动洗衣机的电力都没有。

那位格罗根先生说完了。现在他看着约翰斯，下嘴唇推着上嘴唇朝着尖鼻子翘起，就像那些并不冲着赛场咆哮，呼喊，而是抱臂闷坐观战的男人们。他是在等待约翰斯说点什么吗？至少这次他不会说**我得问问**。应该邀请他进屋吗？吸血鬼必须被延请才能进屋，否则他们无法跨越你家门槛。

约翰斯告诉赫伯特·格罗根他打算咨询他的会计，并感谢对方到访。他倒着朝正门退去，一只手伸到背后摸索，领着自己走。关上门后，他伫立了一会儿，等着听那远去的脚步声和大门外引擎发动的声音。等这些声音传来，他才重新开始呼吸，奇怪他怎么会想到说**我打算咨询我的会计**！

干得好，约翰斯。这句肯定比**我得问问**强多了！

八月

有人写过一首诗，描述他如何看待那些令他想到自己父亲临终模样的老人们。他说：

> 我见到的每一位老人
>
> 都让我想起父亲
>
> 他与死神坠入爱河之际
>
> 一捆捆粮食正堆积如山。[1]

---

1 语出爱尔兰著名情诗诗人帕特里克·卡纳瓦（1904—1967）的诗歌《对我父亲的回忆》（*Memory of my Father*）第一行。

在学校时，约翰斯能背下全诗。如今只依稀记得第一行。八月开启了秋季。豪饮一个夏季的阳光后，一些东西会在八月成熟，另一些开始凋零，零落成泥化为乌有。八月，空气中开始有了凉意。你会被火柴烤得通红，夜晚到家的那一刻，太阳疲于挣扎，放任冷冽、惨白的月亮从山后升起，将它驱逐。八月，太阳确实弱了下去，光线暗淡，没办法保证一整天都暖融融。

爸爸卒于八月。之前的整个夏天，他周围的一切都在生长，繁盛，只有爸爸在萎缩，缓慢地死去。他与死神坠入爱河，就跟那位诗人的父亲一样。

咕哝大卫八月一日的到访改变了一切。约翰斯眼瞅着他从粮食围场的围墙那边走过来。他驾着车几乎是侧身闯进大门，疯狂旋转的轮胎吱呀地抗议他的炫耀行为。在过去，爸爸会对这样从大路上飞驰着闯进大门的车大声抗议，瞧那个该死的蠢夫。约翰斯的心脏在胸腔里上蹿下跳，设想一下见到这位肥胖的**马屁精**是何等的喜悦！咕哝大卫像黑手党那样拥抱约翰斯，触感就如同一整天的辛劳之后掉进晒过太阳暖烘烘的干草堆里。他赶紧抽回身子，生怕咕哝大卫察觉到他的沉醉，认为他是个基佬。百分之九十的时间里都是咕哝大卫在讲话，这一点丝毫未变。不过他换了一嘴的永久性假牙，于是咕哝的毛病消失了，只留下了大卫。他原地转了一整圈，担心自己看漏了什么东西，下一秒，约翰斯尚来不及抗议，他就迈着小短腿飞快地从板条屋与工作棚之间的窄缝穿身而过进入大院。

约翰斯不喜欢大院，如今这里太过空旷。过去，这地方污泥流淌，牲畜们从中经过走向挤奶房，爸爸**哈吧**、**嘻嗯**的驱赶声充斥其中，还有秽物和柴油浓烟的臭味。现在有咕哝大卫站定在院子正中央，这里似乎又生气蓬勃起来，不再像你在西部片里见着的某个鬼镇，更像是一个能被唤醒、重新运作的地方。

咕哝大卫数落了约翰斯放任爸爸的路虎和妈妈的福特嘉年华崩坏、报废的事，并承诺要让它们起死回生。他对畜棚的尺寸惊叹不已，猜测可以往里塞二十间公寓。哈？当然可以了，一点都不费事，小子。他在外围建筑里进进出出，嘴里絮叨个没完，浑似一只福塔岛[1]树丛里荡来荡去的胖猴子。

1　位于爱尔兰的科克海港，有一个野生动物园。

对了先生，跟你说件事，你现在成了村里的热门话题。有人坚持说你这块地值**两千万**！是他妈真的，先生。**值……他妈两……千万**。大卫停下来摇了摇头，一声嘁哨。而且你知道吗？你他妈说得对极了！呜呼！天杀的麦克德莫特家、柯林斯家，还有他们的领头羊赫比[1]·格罗根，以及自诩为恶臭**财团**成员的其他那些人，你弄得他们**惊慌失措**，真绝！

给他泼一瓢冷水似乎不太公平。但他根本毫无举动，恐惧到不敢走出大门，连星期天的第一次弥撒都省了，居然还让村里讨论得沸沸扬扬。他在教堂里和回家路上得到的古怪眼神就是迹象。但他一直以为是由于被打的事，如今看来，更是出于人们把他当成了钱串子，想要剥削所有那些不过是想给人们提供工作机会、让世界更美好的兢兢业业的生意人。至少，他似乎让咕哝大卫开心了。他想起帕迪·鲁尔克和他妻子遭遇疯牛犊的事，以及帕迪是如何被谴责为一个打女人的男人。妈妈是对的。人们去想、去说、去相信的，都是让他们自己心满意足的事。所谓真相，就是被最多人谈论、传得最大声的事。那又

---

1 赫比是赫伯特的昵称。

如何？让它们见鬼去吧。如果是爸爸就会这么说。

约翰斯跟咕哝大卫讲了赫伯特·格罗根的事，他的大言不惭和关于爸爸早已计划卖地、最初是爸爸设法让土地重新规划的连篇谎话，还有德莫特·麦克德莫特妄图诓骗他将土地卖给他，他们假装获得了更大的牛奶配额，所以想要**确保这片土地**。咕哝大卫摇晃着脑袋，跟帕迪·鲁尔克一样吐了口唾沫，说格罗根他们会买进卖出，颠倒是非，麦克德莫特就是蠢货，他们一伙人强取豪夺，全村人对此心知肚明。

咕哝大卫纳闷他们怎么没早几年成为朋友。约翰斯小心翼翼地说因为他们上了不同的学校，而且隔了几级。咕哝大卫承认确实如此，并说他老忘了约翰斯才二十**四**岁。听两个成年男子谈友谊，这在约翰斯是从未有过的经验。他好奇爸爸、吉米·昂桑和帕迪·鲁尔克有没有宣布过他们是朋友，还是说他们之间的纽带无须语言来谈及，玷污？约翰斯有一种感觉，咕哝大卫可以一直自说自话到牛群归家，但他对友谊或敌意的宣言，在尘埃落定之后将无足轻重。话说回来，屋里的老钟滴滴答答地敲击它残忍的节奏，一个人除了远眺粮食围场的围墙，好奇一个满满当当的宇宙怎么能留下如此空虚的一隅之外，根本无事可做，在这样的日子里，咕哝大卫这番友谊与倾慕的宣言，无论分量轻重，都像有干草需要收集或草地需要丈量的日子里的太阳那样受欢迎。

结果整个八月咕哝大卫几乎每天都来报到。那些他没上门的日子格外漫长，一分一秒的流逝都让人抓狂。他只能看电视，与电视机大眼瞪小眼。屋外的世界沐浴在柔和的阳光中，但没有咕哝大卫陪伴着一起外出，似乎就是一种浪费。而在他来访的日子，时间过得飞快，因为时间的流逝正是如此——它并非如科学课老师所说的**恒定不变**。乘坐咕哝大卫的车去镇上看身着迷你短裙的姑娘，或者散步到湿地，学大胆的孩童将石子投入河中，再或者端坐在厨房望着屋外的雨，跟咕哝大卫喝几听哈普牌拉格啤酒，听他说啊说啊说个没完——时光飞逝，你刚对咕哝大卫挪揄某个女人的大屁股，某人一瘸一拐的走姿，年轻人染的头发或者他吹的随便什么新牛屎捧腹大笑，再看看手表，才意识到快要错过《聚散离合》的放送了，但你丝毫不在意。

咕哝大卫将向蒂米·尚尼斯索赔一大笔钱。人人都把蒂米·尚尼斯叫作蒂米握手，因为他总是以握手的方式与你打招呼。大卫当时就把梯子搭在蒂米名下的演奏台上，舞台垮塌，梯子和大卫被甩到硬邦邦的地面，下落过程中只被一面墙的边缘缓冲了一下，梯子的质量过关，但你也知道**我**摔得多厉害，简直是遍体鳞伤。蒂米握手可以向房屋所有人地方议会索要赔偿，他当时正在给这间房子清理排水沟。地方议会肯定能从公共工程局，也就是一开始下令清理这栋多年前就该被拆除的房屋的机构获得赔偿。补偿一个人的痛苦折磨不正是保险存在的意义吗？那位女律师绝不会妥协退让。耶稣，她也是个尤物。

咕哝大卫有一箩筐的故事，关于他的见闻、作为以及泡上手的姑娘们。教区里每一个与他年龄相仿的女孩，以及周围教区的大部分女孩，都跟他接过吻。他做爱做得**龟头通红**，甚至在**城里**指着一些女人称跟她们干过一炮！除了将自己塑造为情圣，咕哝大卫嘴上永远都在讲**兄弟们**的逸闻趣事。我和兄弟们有次跑到科克度周末。天啊，先生，好玩极了。那次我和一个兄弟把两个俏妞带回家，结果其中一个妞是个疯婆子，用破玻璃酒杯袭击我兄弟，惨叫声惊天动地！我和兄弟们过去常在夜场同城里那帮人大打出手。有一晚我被三个下三烂围

　　　　　　　　　十二月纪事

困住，由于兄弟们早就撤了，就剩我一个人孤军奋战。我用头狠狠打了一个屌人的鼻子，又朝另一个的胯下全力击打，剩下的第三个蠢蛋转身就跑。我都懒得去追他，而是截停一辆出租。有个女人也在等出租，我们异口同声说，去他妈的，我们拼车吧。结果我在出租的后座上轻吻了她的脸蛋，当我付钱给司机时，他看着我摇了摇头，说了一声**传奇**。

只不过约翰斯从没见过其中任何一个兄弟，也没听过他们的名字。每当咕哝大卫摁响喇叭，用手背敲挡风玻璃冲街边的伙伴打招呼时，他们通常不过是抬一抬手指、点个头来回应他的友好举动，或者干脆毫无回应。咕哝大卫也从未兑现带约翰斯去喝几杯的承诺。有什么妨害呢？吹几句牛尽人畜无害，从没去过酒吧的他也活得好好的。妈妈常说令她快乐的人是一剂**补药**，就是说那人对她有益。如今他明白她所谓何意。

电话铃声几乎没断过，他拿起听筒，人们诘问他，给他讲解，谈论拍卖、佣金，问他有何打算。终于，他在电话底部发现了一个调节音量的装置，将它调到最小，由此结束了不得不向陌生人吞吐真假参半的话语后再挂断电话的折磨。这就像那位用手指堵住水坝洞口的荷兰小男孩[1]——他感觉到压力在沉默的电话中蓄积，里面积压着所有的未接来电，以及所有想对他讲话，问他问题，告诉他能赚多少钱，告诉他撞上了多好的机遇的来电者们。才过几天，他就无法穿过门厅中放电话的桌子，不会感觉它即将砰地爆炸，崩得他全身都是，用愤怒的声音和急迫的话语将他淹没。

上门几次之后，咕哝大卫不再敲门窗，而是径直走进屋。第一次这么做时，他就站在厨房的门口望着约翰斯，约翰斯则从自己坐着吃吐司片、啜饮茶水的桌边回望他。咕哝大卫问，**假如**他们打一架，约翰斯介意吗。约翰斯尽量忍住笑，告诉对方他竟然像主人翁一样厚着脸皮晃荡进来，咕哝大卫讲声抱歉，说管家戈弗雷[2]·青蛋蛋先生今日抱恙，否则会通报他的大驾光临，你个蠢货。他俩都笑逐颜开，当然了，他径直走进屋又如何呢，反正他开着哐当响的车从村子那头驶近时你也听得见。

约翰斯就是这么被那个记者逮个正着的。有天临近十一点半，正是咕哝大卫通常来访的时间。他们会喝杯茶，吃美卡多水果罐头，如果昂桑克夫妇之前来拜访，与他商议要不要来一天城市游、电影派对、哈普啤酒日或无所事事日的话，他俩还有馅饼吃。门铃响了。约翰斯大声说，进来，门开着。就在他奇怪咕哝大卫怎么又退回摁门铃的老习惯时，一个长得像老鹰、怪模怪样的家伙出现在厨房门口，一边傻笑，一边说，我猜您是坎利夫先生吧，活脱那位去丛林里寻人的家伙[1]，其口音是你如果午餐时间在城里摇下车窗，正好有来自叫什么山的贵族学校的年轻人从旁经过时所听到的。鹰脸怪说他在报社里干，还提供了一张方形的卡片，上面有他的照片和一些小字。他想知道自己能否询问约翰斯有关参与地方土地交易的详情。约翰斯肠胃一阵痉挛，胯下疲软无力，一种他绝不愿再次体会的感受，连他自己都不确定为何。他一口否决，不，不行，我把你错认成别人，所以才说请进，你应该离开。口音做作的男人说，

1　此处化用亨利·莫顿·史丹利（Henry Morton Stanley）写于十九世纪的非洲游记《我怎样找到了利文斯通》（*How I Found Livingstone*），书中有一句名言："我猜您是利文斯通博士吧。"

行吧，没问题，那我只能写**不予置评**对吧，因为周围人都对**你**议论纷纷。他说**你**的口气听起来仿佛他受不了约翰斯这个人，并认为他比约翰斯高明得多。爸爸会说，这个人蠢到家了。

约翰斯朝鹰脸怪逼近，对方节节后退，边退边问约翰斯他的土地想卖二百万是不是真的？他知道规划局已经根据销售情况临时批准了一家本地开发公司的开发计划吗？他有发觉到基于此他可以任意报价吗？他心有愧意吗？就在他退出门口，踏进院子时，又一名满脸粉刺、贼眉鼠脸的男子从一辆吉普车后面走出来。这车肯定是轻轻滑进院子的，因为约翰斯没听到它驶近的声音。他用一架更像是枪管的照相机给约翰斯照了相。两人上了吉普车，做作男把手臂伸出来，指尖夹着一张小卡片。约翰斯接过来，做作男说，如果你改变主意，想发表几句看法，给我打**电花**。他们随即扬长而去。给他打电花？噢，是打**电话**。

几分钟后咕哝大卫抵达时，约翰斯仍在院子里，他花了几分钟向咕哝大卫解释前因后果，尽管天气和暖，他却在微微发抖。他止不住想哭，却不明白为什么。咕哝大卫跟他说别为那些浑蛋烦恼，他们穿过院子，大卫的手在约翰斯后背轻轻拍着。能有一个伙伴手抚你的后背，告诉你不要烦恼，这不是很棒吗？

那个星期天，约翰斯尚未穿衣起床去做弥撒，就听到咕哝大卫的车喇叭一路轰鸣着从暗沉路朝家里驶来。他从正门冲入，与约翰斯擦身而过，在厨房刹住脚，满脸红光，挥舞一张报纸。咕哝大卫将报纸摊在厨房餐桌上，仿佛一位神父将圣餐杯放在祭坛的祭品之间，约翰斯的脾胃传来一种灼烧感。咕哝大卫慢条斯理地翻着页，边翻边摇头，说着，**先生**……耐心点……你……他妈……瞧……**这个**！

版面头条横亘着四个粗体黑字：**贪婪之地**。下面密密麻麻的字稍小一些，但仍比其他版面的正常字号大多了：

这位来自蒂珀雷里乡村的年轻单身汉的贪婪无度正在使能让整个社区脱贫致富的计划脱离轨道。

墨字旁配了一张模糊的照片，是一个两颊通红、嘴巴半张、一只眼半睁半闭、一脸不高兴的家伙。该死的，就是**他自己**。他看向咕哝大卫，这浑蛋兴致高涨，几乎坐到了餐桌上。乖乖，约翰斯，乖乖，约翰斯，你他妈成名了，他颠来倒去地说。全世界都在口耳相传

这位年轻的单身汉是如何继承了父母留下的土地，但在与这项大宗房地产交易的中介人的接触中，他对邻居们通情达理的诉求置之不理。他对种地毫无兴趣，反而选择将农场租给邻居，自己住在已故双亲花成千上万镑翻新过的年代久远的农舍里过着奢侈的生活。自从被一帮本地无业人员——迁怒于约翰斯对他们的未来所采取的漫不经心的态度——袭击之后，他变成了一位事实上的隐士，通过一家城里的会计师事务所公开表达他的疯狂需求。一个不愿透露姓名的本地人说了以下这段话："没人应该宽恕发生（在坎利夫身上）的事，但你也明白为何那些小伙子怒气冲冲。他高高在上，胜券在握，无论如何余生都能过上锦衣玉食的生活。周围没人知道这种贪婪的习性从何而来。他的父母都是社会栋梁，愿上帝让他们安息。只有上帝知道一个来自这么优秀、正派家庭的人怎么会变得如此

堕落。"

报道底部写着：**分析内容转见34页**。用汗津津、颤巍巍的手去翻找 34 页并不容易。34 页的一张相片上是一个卷发的家伙，戴着圆眼镜，一张胖脸愁容满面，他交叠着手臂，仿佛在说，我油盐不进，小子，就由我来治你。约翰斯对这人的样貌一点都喜欢不起来。而且这个胖脸蛋、卷头发的男子并没有给约翰斯留下过分深刻的印象。在其照片下方，他写了很长一段高谈阔论。咕哝大卫从约翰斯手上夺过报纸，清了清嗓子，假装他是某位即将作演讲的重要人物，随后用做作的口音将卷发佬的话念了出来。当然了，听他讲话会让你哭笑不得。

咕哝大卫念道：

近段时间，我们的小共和国事件不断，这事搁在几年前我们绝不会相信。首先，我们已经成为世界最大的阳痿药品制造国，产品受到全世界的欢迎。我们是全球金融中心、科技与创新中心，大学的硕博毕业生数量迅速增长。我们成为了欧盟的净贡献国，向内移民的数量远超向外移民的数量，失业率趋近为零。遗留的问题仅限于暂时性懒惰、老龄化和医疗。

这些都是好的方面。

但发生的许多事件模糊了这种活力与繁荣的闪光，并有使其彻底熄灭的危险。

相比西方其他国家的政府，我们的内阁更能自给自足，我们的公共服务规模日益增长，长成了一个体量庞大、不受控制的怪兽，只对它本身的利益负责。对我们很多年轻人来说，居者有其屋正加速成为一个遥不可及的梦。政府夸口国库有十亿盈余，但仅仅三天前，一名男子在一家爱尔兰医院急诊科的担架上毫无尊严地死去了，就因为没有一张供他躺下的病床，没有足够的人手照料好他。

如今，我们了解到我们的一位市民，一位来自平凡的、安静的乡村教区的国民，一个没有任何理由搞特殊或逾越基本礼节的男人，通知与他共同生活了二十四年的街坊邻居们，如果他们想要提高生活质量，给儿女提供住所，保障他们小小的乡间土地的未来，就必须先支付给他一笔骇人听闻的巨款：**两千万**。

174

花点时间消化这个数字，我们的朋友，并扪心自问：如若一个表面上看着正派的普通爱尔兰人可以如此粗野下流，如此贪得无厌，如此自命不凡，那么问问你们自己，爱尔兰的同胞们，下一步会怎样？下一步我们能从自身学到什么？我们能够做什么？

仁慈的上帝，接下来会如何？

看来报上这位恼怒的家伙很有手腕，居然让上帝为自己背书。这就像在说约翰斯与恶魔为伍之类的。他对**自命不凡**或是**表面上**的含义没有十足把握，咕哝大卫也一样。不过咕哝大卫认为这不是什么恭维话。看来言语是他的劲敌，能使任何一件事听着像真的。白纸黑字印在报纸上的事情总像是真的。此刻他几乎相信**自己**就是一个烂人。怎会有人怀疑那些黑色小字？《圣经》里不也写满了同样的黑色小字，很多人尚未怀疑这些文字的真实性就已死了？你不能去质疑上帝的话，不过上帝并没有写下文字，他高于文字。你不会逮到上帝将他自己的照片附在报纸的长篇报道旁，以此说服大家谁是好人谁是坏人。即便如此，印刷出来的谎言也比傻子嘴里的真相看上去更加真实。咕哝大卫建议他最好按兵不动。约翰斯表示赞同。他明白他磕磕巴巴为自己辩护的任何语言只会引致那些伶牙俐齿之辈的口舌报复。

本来兴致勃勃的咕哝大卫变得心烦意乱。咱是朋友，约翰斯，明白我的意思吗？一块块土地和远在都柏林、搞不清状况的满脑肥肠的官员的意见均不能改变现状。咱是一条船上的蚂蚱。你让我宾至如归，我俩相识相知。我这么跟你说吧，让他们滚去**吃屎**。嘿，先生，你有什么必要粉饰那拨人的言行？

咕哝大卫眼中呛着泪。然后他回过神来，开始就整件事插科打诨。约翰斯心中的摇摆不定渐渐退去。

显而易见，真相是个古怪的东西。它在你内心起伏不定，仿佛一个看着坚实实际不过是淤泥上长着青草的小丘。脱口秀节目《深夜秀》有次请来了一个家伙，他长得像魔鬼本尊，眉尖翘上天像在嘲弄天堂。他坚称世上没有上帝这事是真的。他是**无神论者**，也就是所谓不相信任何信仰的人。妈妈为此气疯了，她说这不是很恐怖吗，他们用人们交的电视牌照费请那家伙上电视。但爸爸只是摇了摇头说，真操蛋，萨丽，魔鬼的这套把戏总也玩不厌。

爸爸所谓的把戏就是说服人家只存在现世，再无其他，我们的诞生只是偶然，总有一天要归于尘土，不复存在。通过这番说教，魔鬼就能欺骗人们去相信**他**可以统治世界，末日审判和永劫地狱都不存在，由此真的将世界置于股掌之中。人类蒙蔽自己的心灵，相信自己的灵魂也不存在。爸爸说，上帝为我们每一个人规划好了道路，电视上的长脸英国人之流将自己出卖给了**魔鬼**。**这**才是真相。

约翰斯不禁想，爸爸的真相如果与长脸英国人的真相狭路相逢又会如何？万一**真有**一个上帝，不是那个有闲心给人类制订计划的上帝，而是将人类随其喜好塑造成型后便弃之不顾的上帝呢？英国人的话似乎不能当真，**必须**存在一个上帝。否则是谁创造的万物？但要求创造了每一颗闪烁的星辰、每一粒沙、每一片玻璃的创世者仍然顾及每一个人，倾听他们的每一个愚蠢想法，似乎也是不可能的。你只需要去相信，不要作过多的思考。但问题是那个一脸狡诈的英国人语言组织如此纯熟，使你差点要怀疑我们的主了。想想看吧！像约翰斯这样为了吐出一串完整的句子，把脸憋得通红、大脑抗议罢工的人，面对可以将语言铸成无法用驳斥来翻越的铜墙铁壁的天赋选手，根本毫无胜算。

而谎言又是何物？要将一件事称作谎言，是你必须知道它是假的，还是说你仅仅不在乎它是真是假？如果你说的话并非真相，但你认为它就是，那么你是否在说谎呢？如果报社那个怪模怪样的卷发小子真的**相信**约翰斯是在村里搞破坏的浑蛋，是否就能免除他妄言的罪行？约翰斯想知道，如果那小子上家里来，用一天时间挖一挖他和咕哝大卫的料，他又会怎么说？耶稣，伙计们，我错了，他当然只是个傻子！他连左右手都分不清！可怜的男孩只会吃吃饭，看看电视，跟一个胖伙计混在一起。这就是故事的全部。他跟许多人一样只是事情的**遭遇者**，而不是一个**始作俑者**。很抱歉，之前是我的错。要说他的身份，不过是情势的受害者！

著名是个好词。它跟**西约昂**一样，很容易就从你嘴里滑出来。它是为家喻户晓的人物，诸如郡队投手、摇滚歌星、影视明星等准备的。你可以因为很多不同的原因著名。但你不能因坏事著名。你可以因为坏事家喻户晓，但那种名气要用一个不同的词形容。你不能说谁谁是**著名**的杀手、**著名**的强奸犯之类的。这些家伙应该叫**臭名昭著**。他们拥有的不叫名望，而叫**恶名**。这个词不会从你嘴里滑出来。它砸在你的牙齿上，你试着用舌头去驯服它，但无论如何它的发音都很丑陋，像一条令人毛骨悚然的蜥蜴或有毒的蜘蛛制造出的声响。约翰斯因贪婪而**臭名昭著**。他甚至不敢一次吃两根巧克力棒，生怕犯下暴食的死罪。

　　一个似曾相识的男子开着女性款轿车找上门来，车身形似一个长着凸眼球的大泡泡。他问约翰斯愿不愿意以自己的立场讲述故事，并说他能确保自家地方报纸公平报道，绝不添油加醋，歪曲事实。约翰斯说他既没有立场，也没有故事。这人又想问他为何被袭击，他认为袭击者的**动机**是什么。约翰斯说，该死的他怎么会知道。咕哝大卫从厨房出来，将那人撵走。那人走后，他告诉约翰斯那个伙计一直有点娘炮，常年在法院安营扎寨，就等着看他能用报纸毁掉多少邻居的名声。约翰斯最好不要跟他们这些鼠辈说话。

　　这是他自从儿时因发高烧的那次缺席以来，第一次故意不参加星期天的弥撒。现在就连上帝都将弃他而去。那又如何？科特神父最不愿见到的，就是他大摇大摆地现身于教堂庭院，**恶名**如影随形，所有人瞠目结舌地望着他，孩子们在他的屁股上寻找尖尾巴，把我们的主的风头抢个精光。

昂桑克夫妇对报道只字未提。昂桑克夫妇就是如此：你可以在他们家一坐几个小时，说不了两句话，但没关系，在他们面前你不必为自己的笨嘴拙舌而难堪。就在他动身准备离开时，他自己说，你将那块地脱手不是更好吗？他讲话的突如其来和蕴藏在嗓音中的情绪让约翰斯一怔，不得不在脑子里搜刮词语排列组合，当它们脱口而出时能拥有恰当的顺序。她自己趁机说，现在不过麻烦点，却一劳永逸。你的心都碎了。

约翰斯过去多半会觉得昂桑克夫妇会认为他不卖地的做法既高尚又勇敢，因为爸爸毕生倾尽于此，在土地上流血流汗，为它花尽心思，靠它糊口度日，爸爸的爸爸就是如此，爸爸的爸爸的爸爸亦是如此。他自己似乎读懂了他的心思，说道，真该死，你的心将备受煎熬，约翰斯，流氓们在村里抹黑你的形象，四处散播谣言，这么好的东西落到这些只顾私利的家伙手里是非常可耻的，但如今世界就是这样——你得让生意人来建造，来谋取财富，长远来看他们的贪欲将广泽四方。

　　约翰斯问，为什么大家认为他可以靠卖地获利两千万。他自己说，那当然不过是一个编造的数字，**我们**从没……她自己发出一声滑稽的怪叫，用一条手臂箍住他。他自己面红耳赤，闭上双眼，一只手蒙在脸上。正是这只温柔的手曾在科克公园的拥挤人潮中将儿时的约翰斯紧紧牵着，那次他被人群挤得脚尖离地，找不到爸爸。眼前，这只温柔的手颤抖着，藏在后面的脑袋也在发抖。**她自己**看着像是要哭出来了，就连约翰斯这样的傻瓜也明白了前因后果：昂桑克夫妇是这个著名**财团**的成员，他们不愿他知道，但他自己却意外泄露给了他。他只想告诉他自己没关系，他不在乎，他依旧爱他。这又如何？难道他不能在敌方阵营有朋友吗？然而他的唯一举动却是支支吾吾地感谢这餐饭，转身从门口走出去，来到空荡荡的街头。他**真的**有听到身后她自己低声怒吼着把他自己叫作**该死的傻蛋**吗？当然，眼下一切皆有可能。

九月

如果说每年九月初的太阳都能将石头晒裂，这不是很可怕吗？面色苍白的可怜孩子渴望灿烂的阳光，可一等他们回学校上课，太阳便现身来嘲弄他们！这到底是怎么回事？小崽子们从都柏林的全爱尔兰曲棍球赛现场回到学校，旅途的劳顿化作辘辘饥肠。只要蒂珀雷里队进入决赛，无论输赢，第二天都是休息日，事情就是这样。类似对话总是在九月初充塞你的耳朵。八月暗淡下去的阳光，通常到九月就快消耗殆尽，根本不可能晒裂石头，连让它们保持温热都力有不足。但妈妈总说，大伙就喜欢抱怨。

九月，外面粮食围场边果树上的烹调用苹果熟透了，与树枝只是稍稍牵连。有些会烂在树上，更多将落到地面——在九月，最微弱的一缕轻风就可将硕大的烹调用苹果吹落。你得手脚麻利才能赶在觅食的昆虫前将落地水果收集起来。你捡起一个，以为是好的，结果翻转过来就看到另一面有褐色的烂疮，虫子在其间蠕动，你恶心地将它扔得远远的。你必须温柔地将苹果摘下来，否则来年同一个地方就不会再发芽。妈妈总说，只有最愚蠢无知的家伙才会将苹果从树上扯下来，比如弗兰克叔叔——不能让那家伙去外面帮特瑞莎装一袋苹果，否则就没法再用自家的烹调用苹果烤制馅饼了。那家伙只会搞破坏，根本就与大自然不搭调。

九月是一个令人苦不堪言的严苛月份，学校复课，自由不再，爱嘲弄人的暗淡太阳，以及科克公园之后落空的情绪构成了这般严苛，但九月也有馅饼和酥皮点心，使用一小时前妈妈自产的仍然新鲜的最优质苹果制作，这就弥补了一切不足。

约翰斯每年照例给面包坊送去满满四五箱苹果。他在想今年是算了，还是作好准备，照常装箱，或是放一箱在自行车的载物架上,骑车去昂桑克家拜访,坐进他家的厨房,喝一杯茶,看着她自己做饭,听死鱼眼玛丽讲述自己**假装**被阿什敦路建筑工地的流氓们搭讪,而绝口不提土地、区域、报纸、其他人的计划、财团等等。不就该这么干吗?

到头来都是一样:那个糟糕的星期天之后的星期二,昂桑克夫妇开着他们的旧日产蓝鸟来了。约翰斯和他俩都没提土地的事,他们三个穿过粮食围场,近乎沉默地收集掉落的果实。但这次的沉默不再让人自在,而是被尴尬取代。他们将塞满的口袋装进蓝鸟的大后备厢。他自己对苹果的质量大加称赞,承诺会回来帮忙修枝。约翰斯说没关系,**他来**做就好。他自己说不,他热爱修枝,这不正是外出的绝佳借口吗?免得在她面前碍手碍脚。他仿佛心怀鬼胎朝约翰斯眨眨眼,惹得他哈哈大笑。她自己从蓝鸟里端出用派莱克斯玻璃装的饭菜,放进屋里的冰箱,并问他们笑什么。这一刻,一切都是那么美好,平常,自在,但也永远不能恢复如初。

昂桑克夫妇离开了,留下约翰斯在窗口眺望。他望着他们离开的背影，嗓子眼被什么东西堵上了，火辣辣地疼。肯定是你蓄积已久，本应说出口的话堵在喉头了。他见到一辆红色轿车徐徐开进大门。驾车的是位金发女郎。他听着轿车在路边的碎石地泊车，接着是摔门声。金发女郎掉头往回走，穿过大门。几秒后，她又朝反方向行进。她步子放慢，转过去正对院子，然后眯眼看了看太阳，向前欠身，似乎需要靠近看仔细点儿，确定自己的方位之前，她不敢贸然闯入。约翰斯也眯缝着眼透过被猫抓花的窗玻璃看她。圣母玛利亚啊，那是西约昂。

或许最好不要通知男人有漂亮女人到访，这样他的猝不及防就在情理之中，在她面前的愚蠢言行也更容易得到原谅。但约翰斯知道，通知与否，他都会吓尿。现在他无法藏在眼部绷带后面，或是找卧病在床的借口。他的举止必须得体。上帝啊，请派咕哝大卫过来。现在她已经穿过大门，在路面结成一块块的院子里踮着脚探路，一只手给他打招呼，另一只手伸长去够一个看不见的扶手好让自己站稳。他看到她离爸爸的靴子犁出的沟槽只有几步之遥——她肯定会趔趄着摔一跤。一想到这儿，仿佛有芒刺在背，他被驱使着穿过门厅走出屋子，心脏在胸腔里狂跳。就在他走出前门，进到院子的那一刹，沟槽的边缘卡住了她的鞋底，她差一点就摔倒了。但她迅速向前迈了两步，稳住重心，这才说道，耶稣啊，这地方处处是陷阱吗？

该怎么回应这样的话？对？不对？哈哈哈？咕哝大卫一秒之内就能给出有趣的回应，他谄媚地拥向她，牵起她的手，领着她穿过坑洼不平的路面，嘴上的漂亮话层出不穷。而约翰斯竭尽全力只说了这么一句：你来这儿干吗？当晚这句蠢话将一遍又一遍在他耳边回响，一连几个小时，让他受尽折磨。西约昂说，噢，你的问题真他妈有趣！我冒着生命危险来这个……**泥塘**找你，竟然让我听这个！他想收回这句话：哦，上帝，不是的，我不是那个意思，见到你真好，我只是没想到……然后她说，呃，我**确实**叫我的社交秘书联系你的那位，但那个姑娘最近**指望不上**。结果他像个傻子一样看着她说，哈？看在上帝分上，她在说什么？噢，她在开玩笑。没错，他说，哈哈哈！

他听到自己在说话：声音透着傻气，愚蠢的大笑显得虚伪不堪。这就像那次妈妈让他用电话跟她远在澳大利亚的兄弟说话，那位亲戚生命垂危，约翰斯本来准备问他感觉如何，并告诉他自己将为他祈祷，但他知道妈妈的兄弟同样也感到尴尬，他并不愿意跟尚未谋面，如今因为肾脏的每况愈下永不会见到的低能侄子聊几句，约翰斯在屈辱和痛苦中两颊发烫，他听到自己说出的每个字的回音在一秒钟后从电话线那头的澳大利亚传过来，自己声音里的那股蠢劲他听得再清楚不过了。一星期后，他的舅舅去世了。妈妈没掉一滴眼泪，似乎也没受到影响，但三周后的一个早上，她从粮食围场收集鸡蛋回来，放下那一小盒鸡蛋后便开始啜泣，哭了整整一天。

他的大脑时时刻刻与他作对。这些对话已经让他毫无喘息的机会，但事后大脑又自娱自乐地将其重播一遍，故意折磨他，他想拿妈妈的旧切肉刀将自己的舌头割下来。和往常一样，它又狠狠蹂躏他，在这个紧急事件的半途逼迫他去想一通打到澳大利亚的陈年电话，放下来的鸡蛋，泪汪汪的妈妈等往事。以圣父圣子圣灵之名，他到底该怎么做？哦，上帝啊，为什么给一个蠢蛋送来一个天使？真是浪费。

她站着望他，他站着与她对望。他感到一股灼热的红晕即将沿着脖子爬上他的下巴。她身着女人们夏天常穿的那种裙子，看着摸起来丝滑柔顺。阳光在她发间舞蹈，就算世界在那一刻终止，穹隆炸裂，天降大火，他也没办法挪开目光。西约昂问他是否要请她进屋，还是要让她在牛粪坑里站一天？若是咕哝大卫，就会说一些诸如"这片院子可以保你餍足，姑娘，如今唯一在这里奔驰的奶牛就是布赖迪·麦克德莫特，来给约翰斯送租金！"之类的话。但约翰斯不是抖机灵的料，他不过是告诉她进屋里来，快进来。

西约昂告诉他，并非每一个患者都能得到家访。实际上他是她第一位上门拜访的病患。她从门厅走进客厅，四处打量。接着她穿过门厅进入厨房，看了一下餐桌和沙发，说道，基督啊，你请了**清洁工**之类的吗？还是说我们上次见面之后，你**结婚**了？他只是站在门厅里，傻瓜一样看着她，并及时制止自己去抓痒痒。

不，不，是我自己在慢条斯理搞卫生，一边干一边等大……你怎么去解释，之所以打扫屋子，是因为这样在留神去听咕哝大卫排气管的轰鸣时，可以让时间过得更快？有一个词来形容这种处境：**可悲**。你最不愿在女人面前展现的就是可悲的模样。只有一个朋友很可悲。

有了唯一关心你的朋友，生活过得怎么样便无所谓，还要时刻担心他会在厌烦后抛下你，这就更糟了。甚至比从未有过朋友更糟；至少那样你可以欺骗自己是因为你太强悍，根本不需要，你独来独往，一匹独狼，就像约翰·兰博或者《碟中谍》的主角。

等**谁**？你有女朋友了？我知道，你才没有呢。我监视你了，我的农场盲小子！我密切注意着你。报纸上你的那张照片拍得不怎么样。你不会想要凭那张相片勾引姑娘们的。你还不如去温泉镇猎艳，也比把你的大头照贴满报纸强。约翰斯告诉她那个带相机的报社家伙是如何偷拍的。她说不出所料。说起来，你在等谁？他告诉她，在等大卫。谁？**咕哝**大卫？

她瞪大眼睛，上嘴唇的一角向上扯起。女人总以这种方式跟男人说话吗？她们似乎忙于纠你的错，或者让你难堪？他纳闷，这算是调情吗？也太尴尬了。她过去在医院里作弄他时还很有趣，因为他知道她只是在开玩笑。如今他与大卫做朋友这事似乎对她相当于一种侮辱，她话语中的玩笑口气以及**伪装**的惊喜之情，听起来有几分刺耳。她的到来所带来的震惊，她对屋子的仔细观察，她提高声量的问询，她让人脸红的可爱——太多东西一拥而上，对他的大脑造成了冲击。他想起一部动画片，里面有个家伙的脑袋可以膨胀成气球。他感觉到汗液刺疼了前额的皮肤。大脑无法为他的嘴巴组织好语言。噢，上帝啊，他要完蛋了。万一她现在去碰他的鸡鸡，他可能会尿失禁。但随后他远远听到喇叭声起起伏伏，还有换挡的声音——咕哝大卫朝这儿来了，来拯救他！来拯救西约昂那对可爱眼眸，别让她看到他爆裂的脑浆顺着厨房的墙面滴答流淌。感谢上帝派来了咕哝大卫。

如果你将两只男老鼠放进同一个笼子里，它们很可能相处得极为融洽，假如它们有些吃的，不会被饥饿逼疯的话。但要放入一只女老鼠，那不管给多少食物，它俩都会为了争夺女老鼠互相残杀，以一方毙命告终。这故事是爸爸讲给他听的，为了让他明白女人会给男人带来可怕的麻烦。妈妈曾让他闭嘴，不要再毒害孩子的思想，教他敌视女人，并提醒说他利用了一个关于老鼠的故事来阐述观点——难道所有男人都跟老鼠一样，瞥一眼短裙，就会瞪大他们晶亮的小眼睛，尖尖的嘴巴一抽一抽？爸爸会微微笑着告诉约翰斯关于特洛伊的海伦[1]、凯蒂·奥谢[2]和莫德·冈恩[3]的事迹，以及她们如何给男人带来麻烦，造成繁华的陨落。讲述途中，他时不时瞅一眼妈妈，她不是在熨烫就是在烘烤，时不时笑一笑，摇摇头。于是约翰斯明白了，爸爸不过是想惹妈妈生气，并不真的相信女人是麻烦精之类的胡话。但他听着咕哝大卫对西约昂讲起他在医院时就说个没完的那一套漂亮话，就忍不住去回忆爸爸讲过的两只男老鼠和一只女老鼠的故事。

难以置信，甜嗓姐就在他家！咕哝大卫一嘴甜言蜜语，尽其所能地显摆自己，他的夸夸其谈让她笑得合不拢嘴。在过去，这样的娱乐时光几乎叫人难以忍受。现如今，他无法再傻坐着，再像过去住院时那样去倾听，去感受夹杂着欢笑与嫉妒的复杂又疯狂的心情在体内发酵。找不了失明、疾病或虚弱的借口，他必须试着做一个正常人，进行完整的对话，心情放松，镇定自若，不再让人贴近来细听，不再让人尴尬，不再需要别人们请

---

1 传说特洛伊战争是由争夺世界上最美丽的女人海伦而引发。
2 凯蒂·奥谢（1845—1921），爱尔兰政治家查尔斯·帕内尔的情妇，世人认为帕内尔与她的风流韵事影响了爱尔兰争取自治的大业。
3 莫德·冈恩（1866—1953），爱尔兰妇女参政论者、女演员，叶芝疯狂爱慕的对象。叶芝曾多次向她求婚，并以她为原型写过多首诗歌。

他重说一遍。他也可以选择长出一对翅膀，飞到院子上空盘旋。

咕哝大卫告诉西约昂，约翰斯是一位**地产大亨**，并讲到他如何拿枪捍卫自己的两千万，吓得其他人躲得远远的。西约昂看着他，咂了咂舌头，说让那些人在报纸上信口开河实在可耻，应该有法律禁止这样散播谣言。咕哝大卫说，哪儿是什么谣言，约翰斯怎么会不是一个坏种，瞧瞧他，他是流氓中的流氓，会把自己的奶奶卖给出价最高的投标人。约翰斯知道他的用意——这是种**讽刺**——爸爸常跟妈妈说，讽刺是**最低等的智慧**。

通常涉及**讽刺**时，很难分辨一个人说的是好事还是坏事，不过约翰斯万分确信，既然都叫他作流氓，还提到他卖了奶奶，那咕哝大卫其实在说真相是这句话的反面。关于他是个贪婪的魔鬼，用枪筒对准可怜的开发者，毁了村子的未来之类的话，都是谎言。究竟为什么不能照直了说？

西约昂说她得走了，去了解一下照顾罗斯卡的一对居家老夫妻的工作，因为那头奶牛几周后才会休完产假回来上班。咕哝大卫说，耶稣，都没顾得上问她饿不饿。约翰斯从沙发沿上跳将起来，提议为她泡点茶，并埋怨自己怎么这样迟钝，要不是咕哝大卫提醒都不知道该怎么做。家里连一块葡萄干面包或馅饼都没有。为什么他一拿到食物就迫不及待吞下肚呢？他是不是该请她喝一杯？他说如果她想喝，家里有一瓶红酒，不过没放冰箱里冰。咕哝大卫像小姑娘一样尖声笑起来，他看向西约昂，问她听过这种胡话没？红酒放**冰箱**里，哈哈哈。约翰斯又想到那个故事，两只男老鼠相处融洽，直到一只女老鼠加入。一个人因唯一的朋友语带戏谑而对其产生了暴力的想法，这不是很可怖吗？放在平时他根本不会放在心上，但当着西约昂的面讲出来，仿佛是往他心里扎了一刀。

西约昂说她不饿，下次来拜访再喝一杯——近来路上的警察变多了。如果她接下照顾罗斯卡的两个老年病患，就能顺路经常来访。咕哝大卫告诉她，随时欢迎她来，似乎叫人们上约翰斯的屋里来由他全权负责。他们送她到大门口，咕哝大卫嘲笑了她的轿车，称其为修女车。西约昂也笑了，她回头看了看咕哝大卫的破车，说它鸡鸡小排量大。这位能把死人聊得复活的咕哝大卫这次只能呆站在那里，满脸受伤的表情，挤出僵硬的假笑。约翰斯知道，咕哝大卫正想着西约昂可能真的在医院里见过他的鸡鸡，她的戏谑由此尖锐得宛如一把崭新的剃刀。约翰斯发现自己对咕哝大卫受贬损很是满意，然后心生愧疚。她从手提袋里取出一支黑色的笔，在一块塑料薄膜上写下一串数字，交到约翰斯手里说，给我发短信或者别的什么也好，我们再安排。约翰斯接过来，整只手微微颤抖。他不知道她有没有发现他仅仅因为靠近她而紧张得发抖。她会不会认为他是个怪胎？

西约昂走后，咕哝大卫消停了一会儿。等他终于恢复常态后，他告诉约翰斯，西约昂肯定对他心倾神驰，否则要怎么解释她上他家拜访，又给他留了电话号码？你没见她拜访**他**家，不是吗？她没有用眉笔写给**他**电话号码，每个男人都知道，这是女人告诉男人想要性交的一种方式。为什么像西约昂这样的姑娘想要跟约翰斯这种家伙在一起？咕哝大卫告诉他，关于她的理由，他不用想太多——如果你赢了大乐透，会去问都柏林的那群人，一开始为什么要设立大乐透吗？会才怪呢，你会手忙脚乱抓了支票就溜之大吉。不用卑躬屈膝，就有西约昂这样的女人看上你——就你这样的小子，简直跟赢乐透一样。既然你下定决心要将赫比那伙人提供的几百万拒之门外，那你可以接受其他单位的提议。无论大宗地产交易做不做得成，某种程度上你依旧是一个农场主，这对特定年龄段、特定偏好的女性很有吸引力。可以肯定，绝不是你的性感容貌吸引着她。

咕哝大卫告诉约翰斯，在如今这个时代，没手机就不可能跟女孩们勾搭上。**短信**是全新的引诱工具。至于你，我的朋友，他说，你本人就是工具，只不过在引诱这方面初出茅庐。只需要几条措辞精妙里的短信，你就能够在见面之前，让女人热情似火，跃跃欲试。他说这方面不用担心，交给他了。你还需要几件高档衬衣，不要扎进长裤里。长裤落伍了——你应该穿牛仔裤，**靴型**牛仔裤——而不是他妈的李牌或威格那种八十年代款。另外，靴子也过时了，你应该穿一脚蹬的懒人鞋，但不能穿黑色，必须是褐色的尖头鞋。你得让发型看着很随意，好像是你懒得去梳理，也不能穿带兜帽、鼓囊囊的大号夹克或者渔夫大衣出门溜达，应该买一件好看的运动西装或皮夹克，但又不能看起来崭新无瑕，可以这么说，衣服必须**是**新的但看着却是旧的。还有些小子只是让裤子半盖着屁股，这样你就能看见他们的内裤边。但这样穿搭时，你必须穿很酷的内裤，上面要印着 CK 的标志——潘尼斯三件一包的老式三角裤效果不好。兔，忘了我说的吧，否则任何看你这么穿的人都想扁你一顿。

　　如果西约昂想**安排**什么，比如趁咕哝大卫不在时重访约翰斯的家，如果她想喝一杯，如果她在担心近来马路上三五成群的警察，如果她住得相当远，如果她跟咕哝大卫说的一样是个色坯，那么她很可能心里想着要在约翰斯家过夜，只有上帝知道除此之外她可能盘算别的什么。如果咕哝大卫知道了她和他的鸡鸡之间的纠葛，想象一下大卫会怎么评价她！有些事情，你一想起来，很可能既兴奋得半勃起又担心得要作呕。如果约翰斯允许淫行发生在爸爸妈妈的屋檐下，他俩会怎么想？他祖先的灵魂相互之间又会怎么说？鉴于他参加 IRA 的伯祖父们在担任神职后不得不对上帝发誓余生不近女色，他们大概会怂恿他行动。爸爸可能会说，行……很好……什么啊……约翰斯……上帝啊。妈妈则会扇爸爸的耳光，说他对男孩的下流行为和丑态毕露大加赞赏真叫她吓了一跳。

　　平心而论，他大概会让自己出丑。将一天里的每一分钟都用来思考你有多爱一个人，并对她产生浪漫幻想，与此同时，你要做的不过是像条牧羊犬一样躺在床上，在她周旋于药片、注射器、床单之类的东西时，倾听她的声音，偷瞄她一眼，这是一回事；但真的行动起来，比如给她准备什么吃的、什么喝的，决定挨她坐多近，想些什么话来说，然后组织合适的语言，这样在话语从你嘴巴说出来时，才会是正确的排列顺序和可控的速度，这又是另一回事。为什么你就收不到即将发生的事情的预警，比如那个报社浑球，昂桑克夫妇加入了财团，还有西约昂的来访并让他浑身汗津津的既惊又喜，欲望和耻辱——让他的朋友出糗——并存？对即将发生在自己身上的事，你怎么就没有发言权呢？大概是因为他会选择什么也不要发生在自己身上，然后躲在窗后孤独度日，眺望着外面的世界，暗自琢磨。

咕哝大卫说，如果有女人想要你，她会干得你苦苦求饶。显而易见，这就是女人满足色欲的方式。精囊满满则脑袋空空。精囊空空如也，你就无所谓了。不过，如果你准备被小弟弟牵着鼻子走，到头来他会放你鸽子，最终让西约昂引你上道。约翰斯不喜欢以这种方式谈论西约昂。咕哝大卫怎么可能是个万事通？他讲的那么多关于性的故事和其他光荣事迹都是胡编乱造的。他不过是迁怒于西约昂拜访了约翰斯，却没有去自己家。大卫跟两个兄弟住一块儿，他对那俩从不关心，因为他们是一对浑小子。他父亲每天都上酒吧挥霍一空，这些钱不是他从旁人那儿讨来的，就是领的救济，要不就是咕哝大卫干瘪、皱缩的母亲给学校和村里权贵的几间办公室做保洁赚来的。

　　一个人可以对他唯一的朋友产生如此刻薄的想法，难道不很可怕吗？坦白说，他想跟内心的自我作一番交流。他为什么无法抑制自己的坏心思？他正在变成一个坏蛋。

十月

进入十月之后，挤奶的工作日益轻松，减少到可能一天只挤一次。不过爸爸可不会闲下来。他大概会开始收割第三批青贮饲料，或整理田地预备过冬，再或者仍然出门去干砌砖块的活。畜群回到板条屋躲避严寒，但它们不会待着不挪窝，妈妈会朝里瞅几眼，叫道，哎呀，大宝贝们，快来，大宝贝，来，聚在一起取取暖。她那条能将人一切两半的舌头，居然会对奶牛讲这种腻歪话，真叫人不敢相信。

爸爸过去挺喜欢过万圣节。他会将几枚十便士硬币塞进大平底锅中的面团里，你得试着用牙齿将它们挑出来，如果找到了就能自己留下。他也会用绳子穿一个苹果挂在厨房后门，你要争取在双手绑在背后的情况下咬下一块果肉。所有人都哈哈大笑，喧闹至极。他还将约翰斯带到院子里，两人各自戴上恐怖面具冲到厨房的窗口，妈妈故意让自己被他们吓一大跳。爸爸会指向天空说，快看，约翰斯，是女巫！她们只在今晚获准骑乘扫帚飞行！

你似乎真能看见有女巫在月亮周围飞升，并听到她们咯咯的笑声。这种毛骨悚然的感觉刺激着你的脊柱，怪好玩的。爸爸还会表演一场大型哑剧：对一块里面藏了戒指的葡萄干面包又切又咬，宣称找到戒指的那个人将长命百岁，一生走运，结果每次都说是约翰斯找到了戒指。约翰斯一直没搞明白，爸爸怎么能肯定总是他找到的。不过爸爸们都会变魔术，那是他们在孩子出生的那一刻习得的本领，约翰斯想知道自己是否会学到那些把戏。

十月份，帕迪·鲁尔克冲尤金·彭罗斯开了枪，然后回到家里将他的所有药片一次服下。他的心脏、骨头、肝脏全都病入膏肓，只有上帝知道还有其他什么毛病。在卧室里发现他的是莉莉·威利。大伙叫她大嘴莉莉。她一周几次来帮帕迪打扫屋子，也干点别的活，所以有门钥匙。

帕迪这样的男人应该高贵地死去，像抗击几百万波斯大军，挽救了整个西方世界的斯巴达勇士一样，否则就应该健康快乐地活到一百多岁，在一张舒适的大床上仙逝，四周围满抽抽搭搭的女人，以及身体强健、充满敬意的男人，他们垂眼盯着地面，掩饰泪光，相互之间转述着他那些充满难以言表的力量与勇气的光辉事迹。但帕迪却孤零零地走了，睡衣脱到一半，呕吐物覆盖全身，死在他那所冷冰冰的老房子一间散发着尿骚味的房间里。

尤金·彭罗斯不得不将整条左腿截了下来。帕迪到头来没有用射鸭弹——他给尤金来了一发铅弹。昂桑克夫妇避开咕哝大卫，上屋里来告诉约翰斯这件事。那会儿还没人知道可怜的帕迪怎么了，大嘴莉莉还没发现躺在恶臭床铺上的他，也还没跑去告诉村子里哇里哇啦的长舌妇们。事后咕哝大卫说，对他俩来说，这不正是重新插手介入的绝妙借口吗？他有没有问过他们为什么一直不告诉他，他们加入了赫比·格罗根的队伍？他有没有问，在医院时他们怎么有脸花那些时间坐那里说瞎话？说什么建设即将开工真是太棒了，**假装**自己只是普通看客，实际上一直赚得盆满钵满，分到了一大笔下流钞票，不怕遭天谴，我向你保证他们肯定拿了团队里的钱，跟那些想夺走他家土地的其他权贵厮混在一起。约翰斯明白，咕哝大卫不过是在泄愤，因为告诉他帕迪射伤了尤金·彭罗斯的人不是大卫自己。但他至于这么失态吗？不管怎么说，约翰斯仍旧爱着昂桑克一家。他们蒙受的羞愧折磨叫他心痛。如果他们只是给了赫比·格罗根为数不多的一笔钱，让他帮着投资呢？为何他搜肠刮肚，却找不到安慰他们的话？

在救援人员赶来之前，尤金被留在加油站前的硬质场地上哗哗流血。咕哝大卫说，他们将他从地上铲起来，放上救护车的时候，他的血都快流干了。随后，他被送往医院，由巴基佬医生给他缝合。也可能没缝——那小子马上就被锯子锯了，咕哝大卫说，他们不爱缝针，那是老女人的选择。对粗野的白人来说，一条完整的腿就够了。反正他们不过就是坐着看电视。约翰斯不认为巴基佬医生会这么说话。冻蛋蛋医生就不是这样，不过他是印度佬。印度佬跟巴基佬是一回事吗？只有上帝知道。坦白说，外国佬都人满为患了。

尤金不该把大本营从 IRA 纪念碑搬出来，至少在那里会有人目击发生了什么，并及时打电话叫救护车。直到警察将枪的序列号输入电脑，结果弹出了帕迪的执照，大家才知道是帕迪开的枪。那个猛踹约翰斯头部的贼眉鼠脸的城里小子告诉警察，是一个老家伙干的，那人在路当中拦下他的车，他开启双跳灯。那家伙一头白发，眼神里透着疯狂，俨然一个恶魔。他绕到乘客的这边，招手示意让周围的车离开，然后不紧不慢地开了枪。尤金尖叫着瘫倒下去。紧接着，他把枪抛过围墙扔进一个空院子，转身上了他的旧捷达，掉头，向着他来的方向驱车离开。

吉姆·基尔蒂队长告诉他的老婆玛丽，城里小子吓得拉了一裤子，然后玛丽讲给了所有人听。子弹没有像帕迪给约翰斯提议的射鸭弹那样大面积散开，而是全部击中了尤金·彭罗斯。尤金血流如注，惊声尖叫的时候，那位脖子上文着鸟的大胆男孩就在旁边将屎尿糊了满身，哭得像个小姑娘。最后，是救护车上的一名工作人员给他打了一针，才使他从呆若木鸡的状态下恢复过来。

约翰斯忍不住去想尤金，想他躺在路边，血水喷涌，一条腿残缺不全。接着他又想到当年还是一个小学生的尤金，那阵儿他们都是好伙伴。这想法刺痛了他。帕迪是为**他**才射伤尤金的吗？是因为帕迪认为他太软弱，无法自己报仇吗？他又想到帕迪，想到他还是小孩时，帕迪常常用蒲扇般的大手轻拍他的头，怜爱地对他微笑；他曾认为帕迪仿佛一座高山，灰暗黝黑，坚若磐石，屹立不倒。结果证明帕迪是国外的一种山，它经年不变，所有人都认为它最靠得住，于是快快乐乐地栖居在其山腰的绿茵牧场上，却在某一天，这座平静的高山顶部突然炸开，爆炸冲入云霄，熔化的岩石喷薄而出，将腿脚不利索、来不及跑到低地的所有人毁灭，最终也毁灭了自己。

咕哝大卫说，过去这几个月来村子里的骚动比之前的一百年都多。就算他们赢了郡决赛，也不会喧闹成这样。这一切都归结到约翰斯·坎利夫身上。他是个烦人精！他下一步会怎么走？掀起暴动？当然，他无所不能！要我说，独腿彭罗斯为他惹怒了你抱歉极了！

有时候，如果你为一件事寝食不安，能有人来就此事编个笑话就太棒了。就像那时候，报社的卷发小子对他那样报道，咕哝大卫整个晚上都在说，他们就应该开路虎一路奔向都柏林，在他花哨的办公室外等他，然后拿曲棍球棍猛抽他无所不知的屁股，让他叫得比杀猪还惨。听着咕哝大卫的描述，约翰斯差点把眼泪笑出来，这一笑，仿佛这整件事仅仅成了一个笑话，并非实实在在存在。但约翰斯不忍心听咕哝大卫开尤金·彭罗斯和他的腿的玩笑。他为什么不能向咕哝大卫解释他的心情？当他自己都弄不明白的时候，又怎么向旁人解释？

　　西约昂说，当你截去一条胳膊或腿时，你的血量会过剩，因为血压太高，会给你的心脏造成极大的伤害。仔细想想颇有道理——血液没地方去了。话说回来，人体既然明白如何将食物变作粪便，喝的变作尿液，甚至还能将你看不见的玩意变作一个小婴儿，另外，据技术学校的科学课老师讲，你的大脑一分钟能处理四千万件任务，那它为什么仍然不明白如果被切掉一块，需要的血量就变少了呢？更糟的是，西约昂说，有时候人们会感觉腿部或手臂之前所在的地方瘙痒难耐。一种**幻**痒，仿佛是断肢的幽灵回来捣蛋。这种瘙痒让人苦不堪言，因为你挠不着并不真正存在的痒。他想起住院期间石膏下的那种痒痒简直要把他逼疯，直到西约昂带来一根毛衣针，让他戳到下面去缓解瘙痒，感觉颇爽。她告诉他不要让护士长或其他肥婆们逮到他这么做，因为她们不应该让患者这么做。他好奇尤金是否产生了这种幻痒。

帕迪火化后不久，特瑞莎姨妈拽着可怜的诺妮和弗兰克找上门来。她想知道，他是否准备召开竞价会，还是以上帝之名，有别的什么计划。他知道土地的重新规划是有时效的吗？不久后，农田就再次只能作为农田使用，这出大戏就会宣告闭幕。还有，帕迪·鲁尔克从英格兰来的侄子对他不会有好脸色，因为他令人摸不透的意图让人家继承的遗产贬了值。他知道有一个叫**强制购买令**的条文吗？地方议会的成员们就快受够他了，他们会**强迫**他卖地，他们所认为的现行汇率可能与约翰斯·坎利夫大师头脑里所想的不尽相同。说起来，她自己和弗兰克一辈子节衣缩食、捉襟见肘地供苏珊和小弗兰克读大学，他却坐拥大笔财富，举手投足之间仿佛他们配不上他，这难道不算骇人听闻吗？小弗兰克向来有哮喘，另外他的眼睛从不离开书本，将来可能大有作为。

但他却跟科伦斯家的废材混在一起，让父母丢人现眼，他自己也成了全村的谈资。可怜的莎拉一辈子没为自己攒下一个子儿，全都存进了信用合作社留给**他**，如今他竟对自己的姨妈，他母亲留在这世上唯一的亲人，连看都不看一眼。以耶稣之名，为什么他不接电话？

诺妮说，好了，够了，够了。但特瑞莎不睬她，约翰斯纳闷，难道特瑞莎忘了诺妮也是妈妈的姊妹吗？她是想让他卖了农场，送钱给苏珊和小弗兰克这两个从没在校车上看他一眼，在他被欺负时从不吭声，只会坐着傻笑的家伙？弗兰克叔叔想知道，他是不是跟那个金发护士好上了。他微笑着冲约翰斯使眼色，特瑞莎叫他停下愚蠢的挤眉弄眼。她开始**假装**哭泣，手放在额头上。诺妮又开始说，好了，够了。弗兰克两眼望天，看起来心烦意乱，困窘不安。约翰斯想到爸爸曾说过，那个可怜的王八蛋弗兰克决定接受免费住所和丰厚嫁妆时，是怎么给自己挑了张硬床板的。妈妈说他怎敢这样讲，她父亲没给哪个男人送过陪嫁，弗兰克是从一众优秀的追求者中挑选出来的佼佼者。爸爸看向约翰斯，捂着半张嘴巴说道，约翰斯，你真该看看**那**一众追求者——一个娘娘腔，一个瞎子，一个九十多岁的老家伙，还有弗兰克！

西约昂依然不时上门一趟，这真是太棒了。当她要来访的事在你脑子里挥之不去时，你就没法整天去想帕迪、尤金、特瑞莎，以及人们对你的期待。

在猝不及防的那次现身后，她再次来访，却发现他俩都不在家。他俩上城里去了，去看站街女。咕哝大卫承诺过要带约翰斯来这条站街女工作的街道，让他看一眼未来的老婆，哈哈哈！站街女都长得怪模怪样。有一个矮墩墩的，长得很像你在弥撒上见过的女人，不过你能看到她的一抹白肚皮，这是由于上衣太短，接不上她裙子的腰部。还有一个颧骨看起来能剜你一刀的女人，套着一身亮闪闪的运动装，长着一双死鱼眼。她身旁站着一个瘦骨嶙峋、髭须稀疏的男人，咕哝大卫说那是一个女人，约翰斯不敢相信，直到他盯着看了好久，才终于看清那确实是一个女人。咕哝大卫说她是一个疯狂的铁T，还是个拉皮条的，约翰斯不懂这两个词的意思，但他没吭声。咕哝大卫说，如果你在她或者其他站街女面前抖机灵，她会剃了你的鸡鸡。她注意到他俩在盯着她看，开始朝咕哝大卫的车走来。瞧她那张脸，似乎要把你生吞活剥了。咕咚大卫惊慌中把车弄熄了火，就在她要逮到他们的当口，他终于让车启动。她飞起一脚去踹汽车，他们却已经开走。车从那个死鱼眼站街女身边经过时，她只微微扭了一下头。

他们回到家，厨房的窗户留着红色的字迹。约翰斯想到自己只敢看半部的那些恐怖片。咕咚大卫告诉他是拿口红写的。口红，你个傻瓜！哈哈哈！但约翰斯知道，咕咚大卫之所以开玩笑，不过是想赶走受伤的感觉。上面写着：

嗨，J

我 6 点来的你肯定跟男朋友出门了

迟些给我发短信 087 7946509

西约昂 xxx

咕咚大卫读到 J 时，仿佛是犯恶心了，读到**男朋友**时，仿佛快要吐出来。约翰斯冒险瞟了他一眼，他几乎能肯定，咕咚大卫的眼角泛着泪光。不过咕咚大卫轻描淡写地说，真是难以置信，一个能让护士在他厨房的窗户上涂写情书的家伙，却连能给她发短信的手机都没有，她已经给了他**两次**号码，他不禁开始怀疑，这家伙究竟有没有长一根可以满足她的鸡巴，真是莫大的浪费！要是她在追**他**，他早就把她上完甩了。只可惜他没有农场，哈哈哈。看在上帝的分上，他都想自己上了。约翰斯一直盯着口红写的留言，根本挪不开眼。三个吻。咕哝大卫说，那也可能代表3P，就像黄片里的。约翰斯暗自祈祷他不要在谈到西约昂时再说诸如屁眼、黄片这些词。可你怎么开口对一个人说这样的话，却不叫他们将你看作一个古板的随军牧师，一个扫兴的人，最终让他们伤得更深？

第二天，他们光顾了手机店。一个咕哝大卫嘴里所谓奶子下垂的女人卖给他一部手机。他判断不出她的奶子是什么形状，因为他都没敢瞅她。不过她很好闻，声音也好听。付钱时，他的钞票掉到了地上。咕哝大卫说，小心他，他在撒钱呢，哈哈哈。这对他来说是小意思，他是个该死的百万富翁，哈哈哈。约翰斯感觉自己脸上的红晕涨成乌紫，他突然想象出一幅画面，画面里的他将新手机砸到咕哝大卫脸上。他怎么就不能闭上嘴，不要再一直抖机灵，夸夸其谈，而是让他付钱给那个女孩，或许现在那个很好闻的女孩想将他的头像从报纸上裁下来，思忖道，瞧瞧这个贪婪浑蛋，跑这儿来买手机。为什么你做的每一件事都叫人如此难堪？他怎么就无法遏制那些可怕的思想？恶毒思想现在接管了他的大脑吗？

他们驾车回家时，咕哝大卫说火速给她发条短信呀。约翰斯问他该发什么好？咕哝大卫感叹，耶稣啊，我是不是还得代替你肏她？听他这么说后，约翰斯不愿让这个浑蛋称心如意，决心自己编辑短信，不再寻求帮助。你必须**滑动**查看**菜单**，才能弄清楚什么是什么，但他没有咨询咕哝大卫，目前来说，他学得不算太坏。最后，他终于写道：**你好西约昂我是约翰斯坎利夫抱歉让你扑了个空请再打给我**。

咕哝大卫问他给她发的什么？号码输对了吗？约翰斯不明白，自己怎么突然惹得咕哝大卫如此厌烦。是**他**在说俏皮话奚落约翰斯，现在又是他对这该死的短信大呼小叫。他瞪着约翰斯，伸手来抢夺手机。汽车在咆哮，急需换一个挡位，车子是否待在白线以内他也不太上心。但这是你必须遵守的规则，因为爸爸总在妈妈开车时说，如果你的轮胎轧过了白线，总有一天你拐弯时，会有一个跟你一样的笨蛋迎面开来，然后**砰**！两具笨蛋的尸体。还不知道有多少无辜的乘客坐在他们车里。这都是愚蠢所致。然后妈妈会怒吼着叫他闭嘴，不过她毕竟还是会将车拉近路边水沟，好让他消停下来。

约翰斯将他打的短信大声念出来，咕哝大卫嘴里嚯嚯嚯地感叹，说那是他听过最娘炮的话！请再打给我？你可真清纯！我是约翰斯·坎利夫！圣母玛利亚，你可真冥顽不化。你可……车颠簸起来，因为约翰斯这边的车轮轧入路边的软质地面。咕哝大卫嘴里骂骂咧咧，双手迅速打方向控制车轮。等他终于把轮子扳回来，他说，哈哈！把你吓到了吧，小子！仿佛是在闹着玩，他糟糕的驾驶技术不过是忽悠约翰斯的炫技。不过对一个装疯卖傻的人来说，他脸上的血色可流失得太多了。

他应该停下幼稚的举动，他把约翰斯当作自己身旁的一条狗，嘲笑他给西约昂的短信，并向上帝祈祷自己可以飞向苍穹，将短信截回，重新发送一些更酷、更聪明、更有趣的话。想象一下，短信就在上面，经由一颗卫星返回地球，然后传送到西约昂的手机里，短信周围一圈粉红色文本框，框上附着一颗蓝色爱心。短信难道不是危险至极的东西吗？因为你一旦按下**发送**键，就如同扣下猎枪的扳机，将一块弹片送入正在嗅闻春天芳香空气的小兔子脑袋。咕哝大卫说，别担心，小子，别担心。他将车开得笔直，余下的归家路途，车速不算太快。

结果都一样。西约昂对冗长的信息没有丝毫兴趣。她仅仅回复道：**好的没问题下班后打给你**。就这么多，她发短信说会来电话，他只回复了一句**好的**。她将在六点或六点半到达。有一天，她发来一条短信：**在路上饿惨了**。他慌了神，赶紧给咕哝大卫打电话，问自己该怎么办。咕哝大卫说他怎么知道，并问他冰箱里有什么。约翰斯说，香肠、熏肉片和布丁。他说，我猜可以给她做点炸物。结果西约昂到了后，问他真的认为自己会想吃一盘炸焦了的死猪吗？她大笑着告诉他，要吃他自己吃去。不过当你嘴巴干涩，肠胃因尴尬而犯恶心时，很难做咀嚼和吞咽动作。她吃了一块三明治，是用黑面包、奶酪加切片**苹果**做的！想象一下，三明治里塞**苹果**！经过这件事后，如果她再说要来登门拜访，他会为她提前准备一些吃的，像是黑面包、生菜和低脂奶酪制作的三明治，一罐零度可乐，可能再来一个苹果（但绝不是放三明治**里**），因为，显而易见，这才是女人爱吃的东西。

　　咕哝大卫选择在西约昂到达之前离开。如果她发来短信，他会问约翰斯短信上说了些什么。约翰斯会说，她马上过来。咕哝大卫便默不吭声地点点头。过一会儿，他说他得走了，约好了去村里跟几个小伙子喝一杯。但约翰斯知道，他不过是回家去一个人抱着电视看《聚合离散》《爱默戴尔》或《加冕街》[1]，也许跟他妈妈一起看，她偶尔七点半之前会到家。

　　近段时间，自从西约昂频繁来访，咕哝大卫安静了不少。对于她来访时他俩干了些什么，他很少过问。约翰斯觉得很奇怪，但另一方面，他又感到舒心：否则他要怎么开口告诉咕哝大卫，他不过是像块木头坐在那里，尽量不让自己的眼睛游移到她的胸脯之下、大腿之上，尽量不要去想医院里发生的事，听她去抱怨老迪尼·尚利整天想着摸她的屁股，而他的老婆在床上欲水横流？不过，还是那个问题，他在咕哝大卫**与**西约昂皆在场时，会对咕哝大卫心生惭愧，愧疚于对方被排挤的感受，愧疚于对方强插进来所造成的愤懑不平；而他也

1　都是英国肥皂剧。

会心生恐惧，怕西约昂万一期待他做点什么，或说些什么**有意义**的话等等，这不是很可怕吗？如果他时不时祈祷自己能回到过去的时光，与咕哝大卫顺着湿地散步，自在地闲聊一些毫无意义的胡话，会是一件糟糕的事吗？西约昂能来访本是一件好事，但一件事必须被另一件事弄得扫兴吗？生活就是如此自我平衡的吗？

　　到底他怎么才能了解西约昂心中所想？她口若悬河讲了数小时，你却仍然一无所知。难道就因为他家坐落在她去尚利家的路上，她是顺道进来歇一脚，好避免过早回家去面对她母亲？不管从哪个方面看，她母亲都是一个愁眉苦脸的标准恶婆子，永久都在抱怨西约昂一事无成，而她的姐妹们都找到了婆家，跟着优秀的丈夫们安定下来。但只要这位妈咪对实情稍有了解，会发现其中一个丈夫酗酒成癖，另一个则与人私通，而她傲慢自大、自作聪明的兄弟皮戴尔在都柏林大学挂了所有科目，但妈咪却告诉教区里的老巫婆们，他将来会成为狗屁首席检察官！还是说，咕哝大卫说对了，她属于那类会为拥有农场的老兄神魂颠倒的女人？但这样的女人有什么错吗？这很难让她等同于穿短上衣的胖女士或身着亮闪闪运动套装的死鱼眼女孩，不是吗？

十一月

　　万圣节为万灵节拉开帷幕，接下来的大动作就是圣诞节。十一月过得很慢，你拼命不去想圣诞节，否则会在等待时间的滴答流逝中发疯。圣诞老人不是一个伟大的男人吗？他十一月忙得精疲力竭，这是当然的，为了准备好礼物。他们提早给镇子装扮上了，一年比一年早。妈妈过去说，这是刺激大家去消费。想象一下，万灵节刚过，四处挂满了装饰物。直到十二月中旬前，应该禁止他们提圣诞节！

　　有人在十一月为诸灵供上祭品。妈妈说那只是装装样子——那些到处扬言说戒酒一个月的，跟那些整个十

　　　　　　　　　十二月纪事

二月暴食豪饮的是同一批人。假装圣洁。不过是攒钱供圣诞节挥霍。

十一月，报上刊登了有关约翰斯的另一则报道。这一次是那种会刊载只穿紧身裤的女人图片的报纸。他想起小时候妈妈有一次逮着他张大嘴巴盯着一张那样的图片，她从桌上一把夺走报纸，卷起来，走过去拿它在看电视比赛的爸爸头上抽了一棍。爸爸吓得缩头躲闪，因为妈妈是蹑手蹑脚走近的。她对他咆哮说，她告诉过他，不要把那种下流东西带进屋子里，会毒害孩子的思想。约翰斯因为自己被毒害，还害爸爸受责备，羞愧得满脸通红。他担心图片的毒素已经侵入了他的小鸡鸡，因为小鸡鸡正试着从短裤里蹦出来。但鉴于妈妈在生气，他不敢问是怎么回事。

这一次，报上只有约翰斯一张很小的照片，而且跟上一回是同一张——那个做作的小子在院子里偷拍的那张。另外有一张大得出奇的尤金·彭罗斯的照片，脸白得像纸，本应是腿的地方变成绷带包裹的一节残肢，他的手上拿着一个相框，里面是他因违法乱纪被赶出球队之前穿着曲棍球队制服在青年队效力时的照片。尤金的照片上方印着几个大字：**土地战争**。

几个大字的下面，那张展示断腿尤金和他的玉照的图片侧下方，又是一大段关于约翰斯的文字："那个差点枪杀了彭罗斯先生，事后过量服用处方药的男人，与土地所有人约翰·'约翰斯'·坎利夫关系密切，后者最近几周在一笔大宗土地交易中作为关键人物受到举国瞩目，据报道此人要求以两千万的底价出售对当地改造计划至关重要的一片地。"咕哝大卫说，真操蛋，你最好别看那个。但西约昂说，不，大卫，让他看看，他又不是小毛孩，你没法挡在他与世界之间。咕哝大卫说他才没有，他只不过试图告诉他，那种垃圾文章不值一读。西约昂朝咕哝大卫咂咂嘴，翻起了白眼。房间那头的约翰斯看到她做了个鬼脸，咕哝大卫红着脸。约翰斯希望大卫像上次那样开始逗闷子就好了。

尤金告诉那家报纸，他所在教区的每个人是如何谴责他殴打坎利夫的事，即使他从未因那项罪行被起诉，因为没有对他不利的证据。况且，最近这周边出现了好几拨城里来的小子，一看就是干这档子坏事的家伙。另外，有目击者可以作证，帕迪·鲁尔克曾在教堂庭院里威胁说他会遭到报应，只不过当时他没有将这件事上报。这是由于他对老年人富于同情心，因为他自己的祖父同样年老体衰。他的童年十分悲惨，父亲离家出走，母亲在酒精里寻求慰藉，他只能自己养活自己。咕哝大卫说，那个尿裤子的帕齐·彭罗斯活不久了，他不是在村里的芒斯特酒馆跟布丽迪·费兹乱搞，就是在赌桌上滥赌！不过西约昂发出嘘声，在他打开话匣子前让他噤了声。他朝她甩去一个可怕的醒醒眼神。

尤金讲到约翰斯总是表现得高人一等，这是由于他拥有土地，而班上的其他小子多数是工人和老实商人的儿子。他还总是不合群，鉴于他要求获利几百万，才允许开发工程开工，他难道不会对自己拥有凌驾众人的神圣权力深信不疑吗？他并没有说约翰斯·坎利夫是枪击案的幕后主使，但对大家是可怕的威胁——村里有大批人听候他的差遣，在他的父母亲去世之后，愿上帝让他们安息，他已经彻底迷失了自我。他很少出现在公共场所，可一旦现身，就会骑到别人头上作威作福。不管上次是谁揍的他，大概是因为走投无路。有时候，赤脚的会激烈反抗那些穿鞋的。这是生活可悲的一面，勇敢的尤金说道。

咕哝大卫说，瞧瞧，这还算好的——至少，他们没有编造说你是个同性恋或者恋童癖！西约昂说，哦，大卫，看在上帝的分上，随即翻了个白眼。不过她也露出了微笑。他俩让约翰斯想到爸爸妈妈，妈妈过去就想跟爸爸怄气，但总是做不到。他们怎么就不能住在同一屋檐下，约翰斯可以将咕哝大卫总是聊起的将公寓间塞进畜棚的改造大计留给他实现，城里的浪荡子们会为这地方发狂，我们可以管它叫作仓院、坎利夫大宅，或者起个下流名字。还会来一波波兰姑娘，疯狂勾引爱尔兰小伙。呜呼，小子！我们发了！

他在信用合作社存有一大笔钱，更多的放进了银行。特瑞莎姨妈已经帮他把各种款项梳理清楚，也许她并不是表现出来的那样一个坏心眼的老厨娘。他就不能至少卖一两块地，如果这是特瑞莎姨妈的心愿？反正扔给小弗兰克和苏珊一两镑也他妈伤不了他几根毫毛。或许他**的的确确**是一个浑蛋，剥夺了所有人的工作、金钱和机会。或许昂桑克一家不用再觉得他们需要自我辩解却办不到，坐在他们温暖的厨房里，闻着烤面包的香味，事情会再次变得简单，令人自在和愉悦。

爸爸妈妈没来得及在生前告诉他失去怙恃后该怎么

办，这不是很可怕的一件事吗？妈妈会为他让一个女人住在家里而发火吗？她会认为咕哝大卫太过粗俗，不适合当一个好哥们吗？爸爸会因他在生活中毫无建树而认定他是一个婆婆妈妈的窝囊废吗？如果约翰斯告诉麦克德莫特去他妈的租约，然后拿回土地，再告诉拍卖师、财团和报社那帮人滚他妈的蛋，都吃屎去吧；又如果他娶西约昂为妻，养一大群奶牛，生一窝小孩的话，爸爸会不会引以为豪？他正琢磨这些有的没的，院子外变得喧声震耳。他看向外面，一个放浪不羁的家伙手持曲棍球棍站在那里，黑发一蓬蓬地支棱在脑袋上。咕哝大卫站在那人眼前，手指戳着他的胸脯。西约昂嘴里念叨，**那人**是**他妈**谁啊？

那是尤金·彭罗斯的父亲。约翰斯出来时，他向前猛扑，挥舞着曲棍球棍。咕哝大卫闪身躲过，从腋下将他一把抱住。他尖声咆哮说约翰斯要为自己对他家小子的所作所为下地狱。约翰斯没瞅见对方是怎么从粮食围场的高墙边冲过来的，他的脑袋侧面挨了一闷棍，应声倒地，然后他看到爸爸踩出的沟槽的边缘，他告诉自己咕哝大卫的鞋马上就要绊上了。随后你的视线里满是咕哝大卫的屁股和那人涨红的面膛，他们合成一头扭曲的四腿怪物，鬼哭狼嚎，曲棍球棍满天飞舞。西约昂尖叫说**离他远点**，他才意识到有人在朝他猛踢，他抬头一看，那是另一头怪物，两颗头，中央还裹着额外的一双腿，其中一颗头飘着金黄的长发，它正在撕咬另一颗长着黑发的头的面颊，咬得血流如注。被啃的那颗头咆哮着。这时昂桑克家的蓝鸟闯进大门，警察小队也接踵而至。风波戛然而止。

西约昂牙上沾着血。她正抱怨说，噢，看在**上帝**的分上，她的**指甲**断了！警察将帕齐·彭罗斯和小彭罗斯控制在警队的后方。昂桑克夫妇站在院子里，露出犹豫不决的样子。他们瞧见帕齐和小彭罗斯奔着暗沉路去，还听见帕齐咒骂约翰斯，就明白他们要去找麻烦，便赶紧报告了吉姆·基尔蒂。吉姆问他们，需要叫救护车吗？西约昂说没事，她是护士，可以照看他俩，而且已经确认没人真伤着了。咕哝大卫说，救护车个屁，我们现在需要的是他妈**军队**，免得哪个疯子杀了约翰斯。怎么还不逮捕那些婊子养的？他们在报上污蔑约翰斯，肯定有法律说你不能像那样诽谤他人。吉姆旁边的年轻警官让咕哝大卫冷静一下，但这却更加激怒了他，当他称年轻警官为跳梁小丑时，那位警官指着他的鼻子说，你小子再说一次试试。咕哝大卫回道，你能怎样？你能怎样？你能怎样？幸好吉姆·基尔蒂过来解围。关于这位吉姆，他自己事后说，他干这一行很久了，知道怎么去平息怒火。他把年轻人从咕哝大卫身旁扯开，昂桑克夫妇陪咕哝大卫进到屋里。随后，咕哝大卫将火气发到昂桑克家身上，称他们为一双叛徒犹大，并问他们为什么不滚回那些权贵好友身边，不要再围着约翰斯，试图给他洗脑。她自己开始啜泣，他自己也开始哭。约翰斯觉得自己的心碎成了两半。

这件事为踏出大门画上了句号。一个人只有自己待在家里才安全。当人们认为自己占理时，没有什么是他们不会去做或去说的。然而对错又是由谁决定的？就因为昂桑克夫妇投给赫伯特·格罗根和开发者们一笔钱，咕哝大卫没这么做，他就比他们更占理？他们可能是在好几年前，早在任何一个人对土地重新规划是**什么**有概念之前就这么干了。一清二楚的事实，因为闷在心里，便成为谎言，就像爸爸没在意的体内病症逐渐恶化，长成了蔓延全身的肿瘤，将他杀死。或许咕哝大卫也会把钱投入这个庞大的计划，要是他除了因背疾或者从梯子摔下导致无法工作领的救济金，这里那里偷漏的税款，以及从村里合作信用社借的，用来顶上本该由蒂米·握手的保险支付的一大笔医疗开销借款之外，还能有余钱。现在都结束了，他不会再露面，他们可以用或俏皮或通俗的语言随意称他恶棍、混子、无赖之类……上帝会原谅他不出席弥撒，昂桑克夫妇可以移开他们愧疚的眼睛，收回他们的沉默不语，这种静默已经很难轻易忍受，而是承载着道歉与辩解的威胁。就让他在家自己待着，独自一人沿河流区散步到湿地，如果外界对他有所需求，他们可以上门礼貌地询问，而他可以礼貌地告诉世人，请离开，请去吃屎吧。

如果那两个城里的探员再次上门，承诺正义将得到伸张，或是问他是否对帕迪的所作所为有所了解，而吉姆·基尔蒂就在他们身后低头看着自己的鞋，试图记下每一个细节以便回家复述给玛丽听，这时他会对他们鸟都不鸟。如果有更多生意人带着他们谄媚的笑容和生意经、私下协议之类的游说登门拜访，他会将他们撵走。他一把将电话从墙上扯下来：聒噪的铃声终于消停。他

十二月纪事

好奇西约昂还想不想来他家，聊尚利夫妇和她妈是沉重的负担，聊她的姊妹是一对自命不凡的婊子，吃着她的苹果三明治，如今她为了阻止他被杀，是不是得去啃哪个小伙子的脸蛋？她会不会说，啊，瞧瞧，这个男人惹麻烦是个好手，但在勇气、相貌、魅力、有手臂搭着茶巾的外国服务生来为你的薯条撒盐的大饭店里约会方面甘居末流？咕哝大卫会不会想交个新朋友，一个不会因他在一个对他毫无浪漫的女孩面前开玩笑，每次都对他怀有恶毒想法的朋友？世上有太多事情会出错。那位科学课老师会说，世上有太多**变量**。就算你赶在麻烦发生之前控制住了所有变量，最终一切还是会走向衰败。无论涉身其中还是置身之外，末了一切还是会腐化，消亡。

妈的，不会吧，咕哝大卫说，一个拥有如此运气的男人，从中竟然仅仅收获了不幸？他原来认为约翰斯哼哼唧唧抱怨卖地的事简直是发疯，但现在他明白其中真谛：约翰斯对人**忠诚**。除此之外，他为两面三刀的昂桑克夫妇辩护还能有别的原因吗？这是一个人的优良品质。他对家庭忠诚，即使家人们都离他而去。他不会变卖这片留住他们灵魂的土地。他不会允许水泥倾倒在他们耕耘多年的汗水浇灌之地。他看透了这些修建电影院、超市、火柴盒别墅的超级计划，长远来看，能会从中获利的难道不是操纵局势、把整个国家耍得团团转的那同一批满脑肥肠之辈？一切都会真相大白的，小子，你是唯一那个叫停这一切掠夺与贪婪的人，变卖你的老家是多少钱都弥补不了的伤害。

西约昂默不吭声，只是啃掉她断了的指甲，拿肘部来回猛搓，咂摸着嘴巴，咒骂那些近亲交配的愚蠢**乡巴佬**。她的怒火熊熊燃烧，已经搞不清她是生彭罗斯的气，还是生报纸的气，抑或气他约翰斯只要活着就能带来这么多糟心事。平心而论，很难搞明白西约昂在想**什么**。她是不可知的生物，彻头彻尾的谜团，就像滕纳山上的那个黑水潭，爸爸说它一路通到地球的中心。如果你盯着它看几秒，就无法将眼睛从它黑色的死寂上挪开，即便你心生恐惧，也会被它疯狂吸引。你还没意识过来，就发现爸爸在说，快过来好吗，你到底在干吗。他本该为爸爸搜寻走失的小母牛，被提醒走神后，他发现已经过去了二十分钟。

西约昂说，他到头来会变成一个长满杂草的孤岛。她这话说得猝不及防，加上她的遣词造句，让他的大脑停摆了好几秒，心脏跳到嗓子眼。亲爱的，他们会绕开你开建。她走到他所在的长沙发的一端，将手放到他的前额上，手指向后梳理他的头发。他早就该剪头发了，不过他很难安坐在理发店的椅子里，如今在那里工作的女士会将她的大胸脯压在他的后脑勺上。你不敢去看镜子里，生怕她认为你在盯着她。你向上帝祈祷，千万不要勃起，你知道自己的脸蛋红得发紫。不过她想知道的不过是你会不会准备去度假。老马格西·福利根本不在乎你要去哪里度假。你就坐下，闭上嘴巴，老实听他告诉你，如果**他**是蒂珀雷里队的经理会怎么做，与此同时，他把你的头发剃个精光。约翰斯发现咕哝大卫围观了整个过程，他很好奇他这么容易就被人撂倒，还被一个女孩从小彭罗斯的靴底救下来，而这个过程中，咕哝大卫自己就像一头雄狮在战斗，阻止帕齐·彭罗斯用曲棍球棍殴打他，咕哝大卫会认为他就是个不折不扣的胆小鬼吗？他甚至都没跟咕哝大卫道谢吗？他到底有什么毛病？哑巴了吗？

亲爱的，她这么叫他。不过当然了，说实话，这个曾经端着一日三餐穿梭于医院的女人把**每一个人**都称作亲爱的。她有次甚至这么叫冻蛋蛋医生，他站在约翰斯的床边，她的推车撞到了他的双腿后侧，于是她说，噢，对不起，亲爱爱爱的，她向约翰斯眨眼睛，仿佛在说她一点儿都不感到抱歉。冻蛋蛋医生只是顺着他褐色的鼻子低头看她，脚下一动不动。她们这些城里女人叫谁都是亲爱的。不过西约昂并非典型的城里女人；她来自靠近克隆布里恩的一所大房子里，咕哝大卫曾给他展示过那地方，他想马上偷偷溜去，透过一排林木观察西约昂的家，他竟无法阻止自己去想象那所大房子里她的床铺，上面覆满她的体香，周围散落着她那些女孩子的物什，抽屉里装满神秘、精巧、带褶边的玩意！他会亲眼见到那个房间吗？除了像条蛇在屋里到处潜行，他在那里又能干吗？把他这种人留在那里，就如同往香水瓶里塞屎。

咕哝大卫说他要走了，留他俩自己去商量这事。可西约昂说他们什么也没**商量**，还说他拉着一张臭脸。但咕哝大卫没有报以笑容，他只是站在门口，面色难看。她告诉他，他不能去村子里，这阵子所有**农民**都心浮气躁——下一步，他们就要带手电筒和干草叉四处巡逻了！但咕哝大卫说他不畏惧姓彭罗斯的或者其他什么人，他也早就习惯于被无知的蠢货骑在头上，当然了，你必须长得皮糙肉厚才能跟**那**家伙当哥们，他朝约翰斯竖起大拇指，这个时候约翰斯才意识到，过去这一切对他来说是多么稀松平常：像白痴一样坐在屋里，等着被取悦，等着被带到村子周围兜风，等着故事逸闻，等着被带去见识站街女，等着被从不幸中拯救出来。但他一次都没对咕哝大卫说句感谢，甚至都没塞给他几先令付他破车的油钱。他说，请不要走，大卫。咕哝大卫露出些许尴尬神色，但他还是说，行吧，然后就靠窗坐下，像一位放哨的士兵。西约昂继续用手梳着约翰斯的头发，并在他肩上亲了一两下。他的胃部自昂桑克夫妇泪眼婆娑地离开后出现的痛苦难耐的沉重感，自此开始逐渐释放。咕哝大卫开始谈论帕齐·彭罗斯腋下的那股仿佛尿湿裤子的骚味，以及他认为那底下生存着科学界未知的不明生物。

西约昂不再说他将变成长满杂草的孤岛，也不再对土地的事抒发己见。她照例来访，吃她的古怪三明治。咕哝大卫开始在她来访时留下来，一段时间以来横亘在两人之间的不快如院里的春雪般消融了。约翰斯也不再有仿佛已经独占她的愚蠢嫉妒心，甚至有一天，当她倾身从手提包里取烟时，咕哝大卫做了一个**假装**要扇她屁股的动作，即使如此，在他带着过去那种戏谑笑容向约翰斯使眼色时，约翰斯也能回报以微笑，甚至笑出声，结果西约昂挺直身子，逮住他问，你在笑什么，然后她转身，将傻笑的咕哝大卫也逮个正着。她对他的恶作剧了然于心，称他为无知的爱尔兰佬。他便叫她势利的泼妇。约翰斯搞不明白，为什么**他**就不能像咕哝大卫那样说话，让西约昂瞪大眼睛，捂上嘴巴，仿佛在说她简直不敢相信自己的耳朵，然后哈哈大笑着拍他的胳膊，就这么简单，有趣，做个正常人而已。他为什么是个这样的怪胎？

十二月

　　是谁说男女之间应该按部就班地一步步发展？必须先见面，再约会一阵，然后才牵手，亲吻，订婚，结婚，建屋子，生育子女，最后舒舒服服地安度晚年？当然了，这种方式早已落伍，这一系列神圣的步骤意味着你是一个值得尊敬的人，做事方式和街坊邻居截然不同，也有悖于上帝的意愿。如今，人们拥有各式**非传统**的关系。你会听到收音机里谈论男人跟男人结婚，女人跟女人结婚，根本没结婚的男男女女同居，那又怎么样呢？近来我们的主肯定有更重要的事情要忙，不再四处奔走，为谁跟谁在床上干了什么而担忧，因为一些疯子正在以他的名义大开杀戒。

　　过度思念西约昂，或过度思考她想要什么，如果她除了在吃三明治时需要有人听她发牢骚之外还有所求的话，是毫无意义的。如果有些事是命中注定，那就是命中注定。不过，这话是真的吗？如果是，不就能做你想做的任何事，且永远不会被追究吗？你只要说，我为此感到抱歉，耶稣，不过那是命中注定的，你难道不知道我们都是命运的奴隶吗？就像那两个木偶潘趣和朱迪，它们会在夏日的星期天，在德罗米尼尔[1]搭起的小帐篷里互相拆掉对方的脑袋。操作它们的分别是一个头发呈绳状的小伙，一个深色长发、趿拉着拖鞋的黑眸女孩。如果你在开演前见到那个女孩，你会满脑子都是她，想象她隐藏在小帐篷的黑暗中，想象她的美貌与神秘。无论你如何尖叫，咆哮，让那两个小木偶要小心，同样的惨剧每次还会发生。操控一切的是顶着麻绳样头发的小伙和深暗发色的女孩，他们像两个神祇，绝不会被一帮惊声尖叫的小鬼打乱节奏。

1　爱尔兰蒂珀雷里郡北部最大湖泊德格湖畔的一个村庄。

咕哝大卫开始跟一个城里姑娘打得火热。哇哦，小子，我这个圣诞有节目了，哈哈！这个女人为我痴狂！西约昂对他微微一笑，然后对约翰斯翻白眼。百分之九十的时间里，咕哝大卫都佝着背在手机上咔嗒咔嗒摁个不停，自顾自地微笑，还时不时咯咯咯地笑出声，声音高亢，像个女人。他在一所学校里贴砖块时认识了这个女人。她是名**教师**，难以置信！最近他得格外注意打零工的事，老蒂米·握手疯狂地想要抓住他的把柄。你不认为那个浑蛋会睁只眼闭只眼？赔偿金又不是出自他的口袋，而是由保险公司来支付。平心而论，蒂米什么奇葩事做不出来？那个可恶的老浑蛋。

西约昂不断问他们什么时候能去会一会大卫的这个情人？她是不是那种自命不凡的城里人，以为自己如果离开城镇太远就会自燃？她到底是教哪一科的？盲文？约翰斯很得意自己立马就领会了——她是说这个能喜欢上咕哝大卫的女人肯定眼瞎——但咕哝大卫还得寻思个几秒钟，在思考的这几秒钟里，他张大嘴看着西约昂，然后才说，噢，是吧，哈哈哈。但他的眼神里没有一丝笑意。约翰斯为自己在脑海里鼓动她继续贬低咕哝大卫而感到羞愧难当。什么样的家伙会**希望**他的朋友感到受伤害？

　　咕哝大卫爱他。在西约昂这么说之前他就心知肚明，但只是不知道对方知道。但约翰斯为何配不上这份爱？被爱是一种可怕的负担。即使是被一个矮胖仔爱着。想象一下，如果是西约昂爱他。他永远不想面对这件事。这个困扰将同其他困扰一起装入他大脑中的那间房里，他将此房门紧锁，试图把它们困于一室。不过用处不大，它们从锁眼里挤出来，从门边框逃逸，然后在门外恢复形态，如同《终结者2》里那个液态的家伙，随心所欲地变形，能假扮一个水洼潜伏起来，突然之间又能四处奔跑刺杀众人。帕迪·鲁尔克就在那间房里，还包括尤金·彭罗斯和他的残肢，昂桑克夫妇，特瑞莎姨妈，认为他是个可悲傻瓜的报社记者，认为他道德败坏、不知餍足的街坊，责备他叫停了发展项目的全村村民，以及去世的爸爸妈妈，他一辈子从未做过任何值得他们夸耀的事。马上就是圣诞节了，他应该给西约昂买一份圣诞礼物吗？就算他尽力走进城里一家卖女孩子用品的商铺，如果营业员姑娘问他是给谁买的，他该怎么说？一个给我打过飞机，现在常去我家吃三明治、发牢骚的护士？

他人是一剂苦药。如果你只在电视上见他们，那一切好说。但当他们想要买下你父亲的土地，在报纸上报道你，在村子里诋毁你，成为你的朋友，成为你的准女友，为你的遭遇或因自身的遭遇射伤别人，目瞪口呆地等你给出一个反应或回答或笑声或逃避或一个直至天荒地老也无力达成的行动时，他们会让你疲惫不堪。他们将你作为捷径。城里小子会说，他们要拧掉你的头。孤独，难道不是一种高尚的东西吗？至少，尊严俨然藏于其中。独处时你不会出洋相，不会说出让人觉得愚笨的话。人们存在于你脑子里时比现实中好得多。当你需要他们时，他们十全十美，无可挑剔。

十二月初，过去那种不快又复萌了。西约昂对约翰斯说，咕哝大卫不过是在利用你。咕哝大卫反过来说西约昂只是在挑逗他。西约昂说咕哝大卫是个十足的怪胎。想想吧，一个三十多岁的男人总是跟小年轻混在一起，开着他的娘炮轿车四处转悠，被所有人取笑！咕哝大卫说，你最好让那个女人滚蛋，我这么说是为你好，她就等着榨干你脑子里的最后一滴血，因为血液全部用来让你的鸡巴翘起来，你会求她嫁给你，而她会吸光你的血。西约昂说，她完全不相信咕哝大卫关于畜棚的那番话，他会把这项工作搞砸，留给你一个烂摊子，别做白日梦了，没人会想住进臭烘烘的老旧牛栏里的蹩脚公寓。咕哝大卫说，她想让你把一切变卖，只是为了自己余生能出国旅游，像其他自命不凡的女人们那样在布朗托马斯[1]里购买昂贵的垃圾。西约昂说，咕哝大卫大概是个深柜。咕哝大卫说，西约昂是个狡猾的荡妇。然后他感到有些抱歉，并说我俩，你瞧瞧，女人有一半时间都情绪失控，这是因为她们大姨妈之类的玩意。

他甚至不确定他俩是从何时开始背地里铆足劲说对方坏话的。似乎是在两三周内逐步升级的：语带讥讽的人一走，略显嘲讽的笑声就爆发开来；当时被无视的俏皮话，趁着发言人如厕期间，又被义愤填膺地一再提起。只要他们共处一室，室内的气氛就开始起变化。他们让空气变得难以下咽：他清醒地意识到自己的肺部不断充盈和清空，呼吸时尽量不出声，因为这声音会让西约昂大发雷霆，她想知道你为什么喘得跟他妈戴着防毒

1　爱尔兰专营高端设计师品牌的百货商店。

面具似的。这时咕哝大卫会说，别惹他，他想怎么呼吸就怎么呼吸，然后她说，你别多管闲事，他便说，既然她在折磨他的好友，这就**是**该他管的事，她说，哦？是吗？他说，对，没错。然后她将香烟从嘴里拿下，冲他的方向猛地吹一口烟。他告诉她，她就是个贱货。她便说，你怎么还在这里，大卫？不是有场火辣约会吗？她会从鼻腔深处发出嗤之以鼻的声音，仿佛她认为他那晚有约根本是无中生有。他说，我确实有约。她说，那你最好用跑的。他说，回头见，约翰斯。约翰斯只说了两个字，回见。他甚至连起身送他到院子里都懒得去做，只是坐着看西约昂，闻着她的体味，自我厌恶。咕哝大卫说他是个**妻管严**。这个词到底什么意思？它代表某种懦弱，就像某种性行为只有傻瓜才会做。

他如果不能向咕哝大卫咨询该给西约昂买什么圣诞礼物，那还能问谁？他知道，如果他去面包坊，昂桑克夫妇至少会花整整一个小时为他出谋划策。他自己会建议买一样傻里傻气的东西，像是一磅香肠，她自己会告诉他别傻了，然后哈哈大笑，他也跟着笑，然后趁她没注意时捅一捅约翰斯。他们会用笑容温暖他，用新鲜的面包、圆蛋糕和茶饮将他填饱。但他害怕他们会想告诉他，他们感到抱歉，之前没有告知财团的事。他会说，没事，那又怎么样，他们完全有权这么干，不是吗？于是他们会说，他们之前不知道事情会发展成这样，这并非背叛，杰基知晓这一切。万一他开始哭得像个傻瓜呢？出于对他们的悲伤的感同身受，出于他们提到爸爸，但哭泣只会让所有事变得更糟，**她自己**又会开始哭泣，站在水槽边用她苍老又温柔的手给一条茶巾打结，一边说，**每一个人**都入股他们了，约翰斯，**每一个人**都认为那是个好主意，**每一个人**……

西约昂说他们圣诞节要好好出去疯一把。跟医院里的那些死胖子外出后，她就没好好出门夜游过。那一次逊毙了，因为只来了三个，而且都无聊透顶。他们整晚都在谈论**宝贝**！哪有人会想在外面浪费一整晚谈论**宝贝**啊？上帝啊，真是。中途有两个家伙过来搭讪，他们**特别**风趣，其中一个，上帝呐，简直是个**活宝**，到处瞎胡闹，还仿佛不小心地将他的手往她们中一个的屁股上蹭了蹭，姑娘惊叫得像个女妖，结果保安过来让那些家伙离开。就算他**真的**摸了她的屁股又如何，他是个**男人**，男人就是**这样**，他又不是想要**强奸**那个傻婊子，她应该感激**任何一个**愿意把手放在她肮脏屁股上的人，永远不要介意男人的性骚扰。上帝啊，真是。

约翰斯想象自己一把抓住性骚扰的男人的手，将它像干枯的树枝那样扭得噼啪响，男人像个孩子一样哀号，屁股上挨了一脚，手被反绞在背后，这时候的他不再风趣幽默，也不再是娱乐众人的活宝，不能对姑娘们说俏皮话，不再肆无忌惮，以为自己是天之骄子，约翰斯会教他如何守规矩。

但约翰斯不会这么做，不会对对方说一个不字。如果他跟西约昂去酒吧，或迪斯科舞厅，或一个类似的地方，有自以为是的家伙过来想要用滥俗的套话跟她搞上，他会怎么做？大概会像个白痴，站起身，脸越来越红，直到有人问他是不是不舒服，而那个自以为是的家伙会自鸣得意地笑着看他，西约昂则生气地翻白眼，自以为是的家伙对他回以一笑，然后因为他把她留在人堆里，还表现得像个疯子，就生起他的气，他到底有什么**毛病**，看在上帝的分上她只不过在**聊天**啊。假如咕哝大卫和他的教师女友在，事情也许就好办了，因为咕哝大卫会对那人说些机灵话，对他嘲弄一番，不过平心而论，如果他们三人一起出动，就会像普通的夜游人，没人会跟西约昂扯闲篇，耍宝，以他做不到的方式逗她开怀大笑。

西约昂想要去城里的这间餐厅。他们家楼下有一幅威尼斯壁画，你可以倚坐在角落，让壁画围绕着你，仿佛真的**置身**于威尼斯！他们家能烹制出你所吃过**最赞**的卡尔博纳拉[1]。到底什么是卡尔博纳拉？菜单都是用外语写的，他要怎么点餐？很可能他要点什么时，以为自己发音正确，但服务生根本没法弄明白他说什么，对方只能说，请再说一次，先生，约翰斯不得不重说一遍，但对方还是听不懂，几乎微笑着看着他，再将他的意大利耳朵贴近约翰斯的嘴，他突然对着他的耳朵高声说出那个词，对方往后一跳，惊恐地望着他，其他桌子旁的食客都看过来，对方继续说，那不是一道主菜，先生，那是一种冰激凌，对方暗自好笑，西约昂大笑起来，其他桌边的食客也跟着大笑，摇晃着他们的脑袋，他真希望上次有死的冲动时就结果了这个愚蠢的自己。

冲突在圣诞前两周的那个星期五爆发。西约昂叫他

---

1 意面配培根、鸡蛋的意大利食品。

去给咕哝大卫发短信，问他会不会带女教师上屋里来，这样他们就能跟她见个面。她说她不急着回家，如果要喝一杯，她甚至能在这里过夜。看在上帝的分上，这可是星期五晚上。圣诞节近在眼前！她绝不能一个人睡在那些叫人毛骨悚然的房间里，她必须跟他睡在一起。哎呀，她说，我是不是让你害羞了，亲爱的？别担心，我不会扑倒你！我希望你床上有干净的被单！他已经好几周没换过床单了。耶稣，该死。接着，她说她要去经营酒水的商店，需要她带一份中餐回来吗？他说棒极了。她问，你要吃什么？他答，咖喱牛肉配炸薯条。她又说，**典型的男人口味**，然后笑了起来，但却是一种友好的笑，谢天谢地。现在他有空换床单，整理好楼上的房间，并藏起德怀尔的杂志。

她准备在这里过夜。与他同床共枕。哦，主啊。她会穿着短内裤之类的吗？他奋力铲起一锹煤炭和两根木柴，送入炉火中。设想一下，如果家用热水炉坏了，她会想要盖五床毛毯，否则将浑身冰凉。哦，圣母玛利亚。一个真正的姑娘，就在他的床上。

你今晚过来吗，他给咕哝大卫发短信。

我要去城里先生，咕哝大卫即刻回复道。

把你的姑娘带来过夜。这是他自己想出的主意。他过去怎么从来没想过问问咕哝大卫，是否打算留下过夜？他自己跟女教师可以很方便地睡在客房的大双人床上。自从上次美国佬一家留宿之后，房间几乎没再用过。他给那张床也换了新床单。他开始感到些许兴奋。马上会有好些人围绕着他，他要开派对了，他要招待客人了。在他自己的小窝里。他正在实践被教导的人生。

好太棒了，咕哝大卫回复。不过，一定会很有趣。有女方在场，咕哝大卫和西约昂的那套互相抨击可以告一段落。咕哝大卫一定会兴致高昂，试着将**两位**女士逗得哈哈大笑。约翰斯要做的就是跟着笑。睡觉的事他可以过后再担心。一直琢磨这事没意义。那档子事都能水到渠成。爸爸有一次在院子对他说了这话，那时候妈妈让爸爸跟儿子好好聊一聊人生真谛。他听到妈妈在后厨里跟爸爸说：你必须告诉他，杰基。他不能像白痴那样，不知道都该由谁来怎么做。但爸爸不情不愿，他说，真操蛋，现在老师们会教这些东西。妈妈说，他们教个屁，现在就去告诉他怎么回事，去把任务完成。爸爸说，怎么他妈从来没人被迫告诉**他**。原因显而易见，妈妈说。最终，爸爸在挤奶房门口转身面向他，说道，别担心女人和性这类东西，这些都是水到渠成的，懂吗？很好，乖孩子。走吧，我们还有许多奶牛等着挤奶呢。

西约昂回了，她将车倒入前门口停好，后备厢里满满当当装着酒。他们一起迅速解决了他要的中餐，她配着喝了一杯葡萄酒，他则是佐以一罐哈普。随后他将碗碟扔进洗碗槽，开始打扫卫生。西约昂说他小题大作，来的不过是咕哝大卫和一个荡妇，又不是教皇和女王。她话没说完，就听到咕哝大卫开车进了院子，她赶紧跑到窗边眺望，说道，噢，我的乖乖，她**在**哪儿？要么她是个侏儒，要么他根本没带她。噢，真差劲！我们不得不听咕哝大卫唠叨一晚上废话！

他拿着一袋酒水进屋来，告诉他们伊芙琳来不了，因为她明早清晨就要带孩子们去校际参观，必须早睡早起。西约昂说，真的吗，大卫？真的有这个人吗？这个**伊芙琳**？他的红脸蛋将这通谎言戳穿。你什么都瞒不了她。大卫，你为什么要虚构一个女友出来？你这个**怪胎**？

约翰斯不认为咕哝大卫是怪胎。他想为自己装点门面，那又如何？大把人会这么做。他就每天都在幻想自己比原来的自己优秀得多，富有得多。咕哝大卫的脸越来越红，西约昂应该放过他，让他自嘲一番，他会以幽默的方式来解释自己为何要虚构一个城里的女友，这会成为他所做的一件趣事，再也平常不过，只是开个小小的玩笑而已。然而她继续盯着他，摇着头说他是个可怕的怪胎。终于，咕哝大卫怒不可遏，说他这么做是为了在**她**出现在这里时有借口离开。西约昂说，噢，那是**我的**错咯，你这个变态？咕哝大卫说她是个恶毒的婊子、拜金女，他才是一直在这里帮助约翰斯渡过难关的人。

西约昂说，是吗？你做什么来帮忙？除了灌听装啤酒，对他胡诌你上过的所有那些想象出来的女人，你干什么了？

于是咕哝大卫说，我给报社泄了一封信。

西约昂满腔嘲讽地说，哇！真是一封不得了的信，我得说！你跟他们说什么了？

说他们所有这些报社的家伙不过是无能之辈，他们对约翰斯·坎利夫一无所知，而且……

致报社的家伙们，你们不过是一群无能之辈。哇，大卫！难以置信你居然没登上头条。真奇怪他们居然没联系你问要不要做他们的新主编。

我所做的仍然多过你，你不过是把奶子怼到可怜的男孩脸上，让他备受折磨，像个十足的傻瓜。

你是个糟糕透顶的嫉妒狂。你就是那样的。你傍上约翰斯实际上是因为你孤苦伶仃，他太善良才没抛下你。大卫，你是个满身肥膘没有朋友的失败者。那就是你。你怎么不滚回市政府建的小破屋，肏你的姊妹或者找其他乐子去？你个**变态**。

咕哝大卫没有回嘴。就算他有想说的，也没胆说出口。他看着约翰斯，面颊上缓缓滚落下一大滴泪珠，砸到地板上。约翰斯扭头不看咕哝大卫，转而去盯着那摊星形的泪迹。等他再抬起头时，他的朋友已经离开。

隔天大嘴莉莉上门来告诉约翰斯那个消息。当然了，为什么不能是她呢？她以讲述悲情故事为养料，每个人都从中获取各自的快乐。大嘴莉莉说，他不是你的哥们吗，那个科伦斯家的男孩？她的双眸熠熠生辉，因兴奋而两颊飞红。她试图绕过他看一看他家里还藏着谁。你没听说吗？哎，我为自己带来这个悲伤的消息而深表遗憾，不过看起来他昨晚出车祸死了。愿主怜悯他。他显然是在薄冰上打了滑，在派克十字路附近的弯道撞上了那棵该死的枯榆树。就在今天的清晨时分。他这到底是往哪儿开呢，我好奇。他怎么就撞上了那棵树！总的来说，就是他当场毙命，至少看起来是那样。那男孩开起车来总是横冲直撞，我总说他会出事故的。还好没人在他车上！他经常上你这儿来，对吧？你俩时常混在一起，不是吗？他特别关心你，我得说，常听他拼命为你辩护，你老是被村里那些无知的人评头论足。我见过你俩在一起闲逛。那个弯道太可怕了。对拯救和守护我们的主来说，不也是个可怕的地方吗？他们现在肯定会将那段路铺直，或至少将那棵老树转移走。太不幸了，他怎么就撞上了那棵树。

炉火边的桶里只剩三四块煤炭，一根木柴都没有了。他怎么从来没想过在顺手时去将装木柴的盒子填满，再拎回几桶煤呢？爸爸时常从乔丹山谷附近的泥沼地里囤一些泥炭。将它们翻面，搬运，打包入袋，摞上卡车，再用车摇摇晃晃从几英里外拖回家，将货袋卸进工作棚，从袋子里清出泥炭，而后层层叠叠堆放好，这一路会累断你的背，但能在冬季省下许多煤炭。煤炭一

十二月纪事

放进去，很快就烧成红热状，一会儿就没了。煤炭燃烧的时候效果很好，但从来都烧不久。而泥炭文火慢烧，更持久。他可以在春季时给山谷的那个人打电话，看能不能重新获得一批泥炭。这能有多难？他当然可以处理这么简单的事。他可以预订一批，待泥炭切分好预备要翻面时，那个人就会来电话，他再等个几天就去搬运，如果西约昂愿意的话可以来搭把手，不过平心而论，她大概不会愿意帮忙，青年女子绝少有愿意将夏日的大好时光用于在泥沼地里折磨自己的腰背。

西约昂不断念叨着，哦，**上帝**呐，哦，**上帝**呐，哦，**上帝**呐。

肏，闭上嘴吧，他不禁想对她说。闭上你的嘴。若不是你看扁他，这些事都不会发生。不过，他绝不会将这句话说出来。当你在气头上时，最好先消消火，否则可能会出口伤人。不管怎么说，该为此事负责的是**他**。女人们会不自觉地挑起争端。他像蠢货一样待在屋里，目瞪口呆地盯着西约昂，对她咧嘴傻笑，她则绕着厨房跟随收音机飘出的旋律翩翩起舞，伏特加里兑可乐，一根接一根地抽烟，并说他非常有**疏离感**，十分**神秘**，极为**深沉**，有别于镇上那些**鸡巴**。他像一条被喂了满嘴屎的饥饿老狗，对她的话照单全收，与此同时，他唯一的哥们正火冒三丈地驾车在乡间乱转，最终让自己落了个支离破碎的结局。

他死前挣扎了很久吗？他有没有惊恐万分，浑身战栗，拼命往破裂的肺里吸气？人们总说，出车祸的人当场毙命，但你深知，这多半是为了安慰那些活着的人。谁又能知道呢？可能咕哝大卫一动不动地被安全带束缚在他的破车里，意识清醒，但体内汩汩淌血，心里想着约翰斯居然允许西约昂说出那样的话，想着他的好哥们扭过头去，甚至没有尽力为他撑腰，或是阻止他离开。

他躺在自己床上，冒险朝西约昂瞥了一眼，后者像过去爸爸住院病房里的那些家伙一样打着呼噜。她一点都不想碰他鸡鸡。不过，在她跳上床时，他至少看到了她穿短内裤的样子。内裤是浅蓝色的，镶着细细的白花边。她在他唇上吻了一下，说，你真**可爱**，别担心，大卫，他会没事的，他皮糙肉厚得像头犀牛。她身上混合着香烟、酒精和香水的气味。她转过身，很快进入梦乡。羽绒被和枕头的大部分都被她抢了过去，他像个白痴一样躺在那里，屁股挂在床沿，努力不让自己勃起的鸡鸡插进她体内。想象一下，就在他做着这些事时的某一刻，咕哝大卫孑然一身地踏上了黄泉路。

　　西约昂离开后不久，德莫特·麦克德莫特拉找上门来。待在楼上的约翰斯视线越过粮食围场的高墙瞅到了他。这会儿他正在房间里嗅闻枕头上西约昂的味道，并开始后悔让她像这样——怀着糟糕的心情，满眼的泪水——离开了。他告诉她，他想一个人静静。当她过来拥抱他时，他抽回了身子。于是她说，行吧，既然你非得这样。**我会**同样怀念他的，你知道。你会才怪，他想。还是说他大声说了出来？这已经没人知道了。反正她带着对自己的懊恼心情滚蛋了。

　　德莫特·麦克德莫特穿过院子，抵达正门之前，约翰斯就将温彻斯特霰弹枪从阁楼取了下来。枪摸起来冷冰冰，重似船锚，可以十分贴合地扛在肩上，仿佛为他量身定做。在那个遥远的星期二之后，他就没再碰过它。等他走到厨房，德莫特·麦克德莫特正手搭凉棚透过窗玻璃往里窥视，一只手上拿着一个信封之类的东西。约翰斯靠在门边，这样就不会被看到。德莫特·麦克德莫特沿着院子往回走，昂着头从板条屋和隔壁工作棚之间的窄缝往大院子里瞅，随后又朝着屋子走回来。

约翰斯一路瞄准他，于是那颗不要脸的卷发小脑袋就在瞄准器中上下起伏，随着其越来越靠近窗户，尺寸也越来越大。

约翰斯感觉死亡压倒了生命，正如同那首歌中故意失手杀死一个孤单骑手的家伙。真想不到收紧手指肌肉这么细微的行为，可以完成如此的壮举！不过他绝不会那么干。只不过，如今手边放一把武器肯定没坏处。真奇怪，他之前怎么从没想过要把它带在身边呢？大概是打击之下他的头脑变得澄明了。如果上次那些找帕迪麻烦的男孩踏入院子半步，或者那些耗子脸的报社小子又在附近出没，又或者见到任何一个彭罗斯家的人，跑上楼梯，慌乱地开门，以及上子弹，都要花掉他宝贵的几分钟。最好的办法是一直将它存放在一楼。

现在有个怪人出现在大门外，时不时四处探身察看，因此约翰斯只能隐约瞧见他，并听到他震耳欲聋的扩音喇叭声。他的声音听起来跟早先给他打电话的一个家伙一模一样。他们怎么有他的电话号码？电话铃响起时，他还以为是咕哝大卫。想想如果真是他的话！哎呀，先生，老天，这上面棒极了，你父亲要我告诉你，别再表现得像个蠢蛋，快把他的枪收好以免伤到自己。你母亲说，你是个下流坏子，居然让那个小荡妇跟你睡在一张床上。你母亲说，那个女人是个烂透了的婊子！这话可不是**我**说的！别苦恼，先生，这不是你的错。反正，那个女人一看上你，我就又没戏了。不过我们有短暂的一段快乐时光，不是吗？别担心，小子，没人会怪你。你不过是环境的受害者。

但这小子他不认识，他有着奇怪的口音，谈吐虽然友善，但他吐字的方式让约翰斯想到有时在城里斯考特大厅演出的戏剧里的人物，好像所有词都是由别人写好背熟的，说话人意在说服听众这些词句出自他自己的本意，但最终他一定厌倦于听众除了沉默之外没有其他回应，于是说，现在我要把电话交给一个关心你的人，他只是想知道你现在什么情况。好吗？好的。

原来是他自己，他的声音比平时迟缓一些，轻柔一些。他问约翰斯近来好不好，约翰斯感觉过去堵在喉头的苦楚像一块无法挪动的干涩石头，将话语塞在里面。他自己仍在说自己的，他告诉约翰斯这实在太糟了，这里警卫森严，他们不被允许进来见他，而你一年到头除了开着破雷诺厢式货车的吉姆·基尔蒂，连一队警察都见不到。可怜的帕迪·鲁尔克被欺辱时这堆人在哪？还有你自己在村中被打得差点死翘翘的时候，这堆人又在哪？如今他们好像全都汇集于一处，都对屋子里的这个男人有一种固定的想法，就是他要拿杰基的霰弹枪大开杀戒了，你可曾听过这种胡言乱语？上帝啊。他自己笑了笑，如耳语般细弱，略带沙哑，也许根本不在笑。

约翰斯摁下电话机上的红色按钮，电话里说**通话结束**，他这才延续呼吸。

他在面向院子那扇窗户边壁炉远端的安乐椅上坐下，将爸爸的温彻斯特霰弹枪抱在膝头，就像男人怀抱幼儿。他的左手叠在右手上，右手抚着枪托，枪管则躺在左臂弯里。承着这种冰冷的重量坐着，让他感到某种安慰。冬季暗淡的光线照不到房间的这一头，这里晦暗而舒适。他好奇，如果温柔的黑暗像一张毯子那样包裹住自己，让他消失其中，会是什么感觉？

没过几分钟，德莫特·麦克德莫特意识到有把枪正指着他的脑门，他吓得差点一屁股坐到地上，赶快朝粮食围场的高墙跑去，就是那个持扩音喇叭的家伙出没的地方。灯光扫过，蓝光、白光、黄光，他引以为豪，因为他知道让自己留在厨房后部，只要保持不动，没人能看见他，而他却能时不时向外窥探，看自己能否看见昂桑克夫妇，或者彭罗斯家的人，或者是特瑞莎姨妈，毫无疑问，最后那位正为他让他们所有人难堪而难以置信地摇着头，或者看见可怜的诺妮惊慌困惑地紧抱着弗兰克不撒手，或许也会是任意一张他可能认识的脸。然而当他抬头张望时，外面空无一物，也不见一个人影，但他仍能感觉到他们黑压压一群挤在大门外、围墙后的重量，感受他们的数量与密度，据那位科学课老师说，这是宇宙万物共同拥有的性质，但你脑中的思想除外。不过这话大错特错，因为大门外、围墙后，如今大家的心思都集中在他身上，他能感觉到他们思想的重量压在身上，撞击着他的脑袋，以及承受这重量所带来的痛苦。

他幻想贪得无厌的德莫特·麦克德莫特跑过粮食围场，越过树林，冲到河流区的远端，跟友人一起嘲笑那个在厨房里把玩自己父亲的枪的疯子，然后到吉姆·基尔蒂那儿溜须拍马，眉飞色舞地中伤那个不肯交出土地的坏蛋。不过约翰斯知道，当对方看到两个黑洞洞的枪口指向自己，从中传来死亡的丧钟时，已经吓得屁滚尿流，这就足够了。

不知不觉中，时钟自顾自地滴答走着，除了它本身逼人发疯的固定动作，无暇他顾。他在椅子里坐直了一些，动作极为迟缓，他抬起头，再次斜眼瞟去，心里清楚外面依然挤满人，那个带着扩音喇叭的家伙从头到至尾都没离开过，他冲着喇叭嚷那几句嘈杂刺耳的古怪话语，同时像玩具兵人般戴着深蓝色头盔、佩有短粗枪械的家伙们冒险冲过门道，冲锋时将巨大的警用护盾举在身侧。难以置信，还有盾牌！他们觉得约翰斯会冲他们射箭吗？他必须出去向他们解释清楚，因为他们完全搞错了。他真是出尽了洋相！说句公道话，好像他本来不是人们眼中的小丑一样。

手机又响铃了。他吓了一大跳，枪托和枪管仿佛有了生命力，分别在膝盖和臂弯里猛地一抖，枪管颠到肩窝，好像它们也受了惊，寻求他的抚慰。

心里稍稍平复后，他便伸手去桌沿拿起该死的手机，他唯一能做的就是用笨拙的拇指摁下绿色的小按钮。又是他自己打来的，他还是在自说自话，与那次雨天在面包坊的午餐桌旁如出一辙。他问约翰斯现在感觉怎么样，能否将枪收起来以免伤到自己，然后看在上帝的分上从屋子里走出来，冷静下来，冷静点，晚餐他们看能不能做点羊肉吃。她自己仍然陪在身边，为他殚精竭虑，她整个早晨都在做馅饼，用的是他们几周前一起采摘的苹果的最后一批，还记得吗？他将发好的最优质的奶油放入碗里再存放进冰箱，留待制作餐后甜点。

约翰斯默默倾听着，他闭上眼睛以便更清晰地勾勒出他自己的形象，等激流般的语言缓和下来。他问咕哝大卫出什么事了。

大卫？哦，上帝，大卫好得很，感谢上帝，那个大嘴莉莉一贯喜欢散布假消息！你难道不知道这地方多爱飞短流长吗？他的车在那个糟糕的弯道打了滑，人卡在车里，消防员不得不将车顶揭开救他出来。我自然是认为他们那么做多半是为了作秀，仿佛是说，嘿，大伙来瞧瞧我们这些好小伙，看到我们昂贵的巨型切割机器和救生颚了吗，如果是过去讲究常识的年代，三四个壮汉就能让车恢复原状，再用拖车将它拖出来，最好车直接就能自己开走，司机包扎一下，再来口白兰地就行了。但现在一看到救护车或者听到急救的警笛声，人们就会作出最坏的设想，大嘴莉莉这类人故事则一次比一次编得离谱。大卫会苏醒过来，不久就会出院。你们小哥俩又能在一起。等着瞧吧，这场闹剧很快会过去，被遗忘，正如去年冬天的寒风，约翰斯，亲爱的。

亲爱的。

约翰斯听到他自己嗓音中的震颤，不由得在脑海里描绘出一个男人的形象，也就是爸爸过去谈到过，超市里那些会给牲畜的原产地造假、乱标价格、试图将染病的卖到别人兽群的那种男人。画面中的男人有着蛇一般的分叉舌头，爸爸就是那么形容这种男人的。约翰斯居然会将吉米·昂桑克想象成那类男人，事情发展到这步田地，上帝也会惊掉下巴吧？

某种意义上，一切话语都是谎言。只有去做才能让事情成真。语言全都不足为信，除非所提到的事物能摆在人的面前，看得见，摸得着。手机通话时说的话，给各色人等阅读的报刊墨字，都不再值得信任。它们向来也是如此。只有他看清了这一点吗？如果事实如此，这个世界还有希望吗？

他自己重新拾起话头，声音更为低沉，语言流出的节奏令他想到一滴泪珠从脸上缓缓滑落，很久以前，他在他自己脸上见过这种画面，那天他紧抓着爸爸的棺材边缘呆立着，还有昨晚，他在咕哝大卫脸上也见到过。有人在对他低语，似乎在身后，也可能是身边，那人说，无论别人说过什么或者将来会怎么说，我自己和她自己都期望你有最好的归宿，因为我们将你视如己出。

约翰斯垂下头，任由手机从手中滑落，然后够到下方，摸到爸爸那把枪沉重的木制枪托。他从自己所在的安乐椅上冒险向上瞟了一眼，门道处空无一人，但他感觉他们全都在那儿，不断汇集的人潮即将破门而入，将他淹没，如同那个丹麦小男孩企图用自己的手指竭力拯救的大坝背后蓄积的水流。他想知道，心脏是否真的能感知重量，以及，是否有这么一句老话，"有些话的意思并非你最初以为的那样"。

掉在地上的手机再次铃声大作。他感觉一口气提不上来，一把捡起手机，朝壁炉里扔去，它从栏杆之间穿过，仿佛在魔法的作用下在炉里弹跳了好几回，才终于四分五裂，粉身碎骨地摊在一片冰冷的灰烬中。

终于，一劳永逸地终结了电话里的老生常谈。

约翰斯走到前门口，打开门，他听到呼啸的风声。然而并没有一丝风从粮食围场外的树丛里吹来。原来是血液在体内奔流。他想马上了结，否则心脏就要爆炸。他仍然无法分辨出那个人在喊什么。像是关于使用武力，然后断断续续的噼啪声、咆哮声、噼啪声、咆哮声。那家伙急需一个新喇叭。

帕迪说过，射鸭弹打不死人，只会打出水疱。现在吓唬吓唬这群家伙绝无害处，这样他们才知道走开，别再来烦他。手持喇叭的伙计变得举止异常，他现在在围墙拐角处大呼小叫，可喊出的话都不知所谓。这家伙神经兮兮的。他又将枪托架上肩膀。上帝啊，简直是为他量身定做的。现在他们会吓个半死，上帝保佑，愿他们一哄而散。他上前一步，瞄准铅蓝色的天空，然后

这就是十二月的那件事：它发生在电光火石之间。如果你闭上眼，一切就已结束。仿佛你从未存在过。

致谢

感谢：安东尼·法雷尔、莎拉·戴维斯-戈夫、丹尼尔·卡弗里、菲奥娜·邓恩、基蒂·利东和小人国出版社的所有人；伊恩·麦克休、布莱恩·兰根、拉里·芬雷、比尔·司各特-科尔、凯特·格林、萨莉·雷、埃尔斯佩思·道加尔以及爱尔兰双日出版社和英国环球出版社的所有人；玛丽安·冈恩·奥康纳；海伦·格利德·奥康纳、德克兰·希尼、西蒙·海斯及吉尔·海斯团队的所有人；詹妮弗·约翰斯顿、约翰·伯恩及我遇到的所有作家，你们的和善、慷慨让我难忘；我了不起的父母安妮和唐尼·瑞安，你们给了我一切；我的妹妹玛丽，对我长久以来的信任；约翰、林德赛、克里斯托弗、丹尼尔和我所有的家人，给予了我无尽的爱与支持；托马斯和露西，我生命中的光芒；安妮·玛丽，我美丽的妻子，没有你我无法写出一个词。

图书在版编目（CIP）数据

十二月纪事/(爱尔兰) 多纳尔·瑞安著；龚诗琦译.
-- 上海：上海文艺出版社, 2022
(多纳尔·瑞安作品)
ISBN 978-7-5321-7946-6
Ⅰ.①十… Ⅱ.①多… ②龚… Ⅲ.①长篇小说－爱尔兰－现代
Ⅳ.①I562.45
中国版本图书馆CIP数据核字(2021)第141960号

THE THING ABOUT DECEMBER
Copyright ©DONAL RYAN, 2013
著作权合同登记图字：09-2019-102号

本书出版获得Literature Ireland资助，特此鸣谢。

发 行 人：毕　胜
责任编辑：曹　晴
封面设计：朱云雁

书　　名：十二月纪事
作　　者：[爱尔兰] 多纳尔·瑞安
译　　者：龚诗琦
出　　版：上海世纪出版集团　　上海文艺出版社
地　　址：上海市闵行区号景路159弄A座2楼 201101
发　　行：上海文艺出版社发行中心
　　　　　上海市闵行区号景路159弄A座2楼206室 201101 www.ewen.co
印　　刷：杭州锦鸿数码印刷有限公司
开　　本：889×1194　1/32
印　　张：8.25
插　　页：5
字　　数：110,000
印　　次：2022年1月第1版 2022年1月第1次印刷
I S B N：978-7-5321-7946-6/I.6302
定　　价：62.00元
告 读 者：如发现本书有质量问题请与印刷厂质量科联系　T: 0512-52605406